COLLECTION FOLIO

Junichirô Tanizaki

Svastika

Traduit du japonais
par René de Ceccatty
et Ryôji Nakamura

Gallimard

Titre original :

MANJI

Junichirô Tanizaki est né à Tokyo le 24 juillet 1886. Il publie son premier texte en 1910 dans une revue qu'il a lui-même fondée avec des amis – il s'agit d'une nouvelle, *Le tatouage*, parue en français dans l'*Anthologie du fantastique* de Roger Caillois, aux Éditions Gallimard. Suivent *Le goût des orties*, *La confession impudique*, *Quatre sœurs*, *Journal d'un vieux fou*, *Svastika* et *La vie secrète du seigneur de Musashi*. D'abord attiré par la littérature occidentale (il fut membre honoraire de l'Académie américaine et du National Institute of Art and Letters), Tanizaki est revenu avec l'âge mûr à la célébration des valeurs traditionnelles du Japon. Il est mort en 1965.

1

Monsieur, j'avais l'intention aujourd'hui de vous mettre au courant de tout, mais est-ce que je ne vous dérange pas dans votre travail ? Si j'entrais dans les moindres détails, cela risquerait d'être assez long et si j'écrivais avec un peu plus de facilité, j'aurais tout noté dès le début à propos de ce qui nous occupe et je l'aurais même présenté sous forme romanesque, en le soumettant à votre jugement... A vrai dire, ces jours derniers, je me suis mise presque par hasard à rédiger, mais c'est une histoire si embrouillée que je ne sais pas par quel bout la prendre. Alors, je me suis dit que le mieux, c'était de vous parler et je suis venue vous embêter. Seulement maintenant, à cause de moi, vous voilà bien ennuyé de perdre un temps qui vous est précieux. Vraiment, ce n'est pas un problème ? Vous êtes toujours si gentil avec moi, Monsieur, que je finis, à tous les coups, par profiter de votre amabilité et par ne vous apporter que des soucis ; je ne sais pas comment vous remercier. Je devrais donc commencer par évoquer cet homme à cause duquel autrefois je vous ai tellement importuné, mais – comme je vous l'ai signalé par la suite –

après que vous m'avez donné ces conseils à son propos, j'ai longuement réfléchi et j'ai décidé de rompre. A cette époque, – faut-il parler d'un sentiment de regret ? –, tout était prétexte à me le rappeler, et même si je restais à la maison, je devenais, pour ainsi dire, hystérique, mais ensuite, peu à peu, j'ai compris avec exactitude qu'il s'agissait de quelqu'un d'ignoble... Jusque-là, je m'agitais et je saisissais toutes les occasions de sortir pour un concert ou autre, mais depuis que vous m'aviez reçue, Monsieur, j'avais changé du tout au tout, et je passais mes journées chez moi à peindre ou à faire des exercices de piano, ce que mon mari commentait ainsi :

– Depuis quelque temps, tu es devenue plus féminine.

Et il était heureux d'apprendre votre sympathie à mon égard. Évidemment, je ne lui avais rien dit à propos de l'autre, malgré vos avertissements, Monsieur :

– Ce n'est pas bien de cacher les erreurs de son passé à son mari. Vous verrez, surtout s'il n'y a eu aucun rapport charnel, cela vous sera facile d'avouer. Prenez donc la décision de tout lui confesser.

Et puis... enfin ! Peut-être avait-il tout compris intuitivement. En tout cas, comme je n'osais pas mettre cartes sur table, j'ai tout gardé pour moi et j'ai pensé qu'il suffirait de ne pas chuter à nouveau. Dans l'ignorance où il était des sujets que vous abordiez avec moi, mon mari était convaincu que je recevais de votre part un enseignement utile et il se félicitait de mes nouvelles dispositions.

C'est comme cela que je suis restée chez moi

pendant toute une période ; mon mari, étant donné la situation, a pensé qu'il pouvait me faire confiance ; il a annoncé qu'il ne devait plus fainéanter lui non plus, et après avoir loué un cabinet dans un immeuble moderne d'Imabashi, à Osaka, il s'est remis à exercer son métier d'avocat. Ce devait être en février, l'an dernier : oui, c'est ça. Il a étudié le droit germanique et il aurait pu plaider comme il voulait. Au départ, il me semble bien qu'il voulait enseigner ; du reste, au moment de mon histoire, il assistait avec assiduité à un séminaire de l'université. Il n'avait aucune raison particulière de devenir avocat. Peut-être s'était-il dit qu'il ne pouvait pas dignement continuer à dépendre de ma famille, sans encourir mon mépris. A l'époque de ses études, mon mari était considéré en général comme un garçon très doué et il avait obtenu, en effet, d'excellentes notes à ses examens ; chez moi, on disait qu'avec un tel mari... C'est ainsi que nous nous sommes mariés et que j'ai commencé à vivre avec lui, mais comme s'il avait été adopté par ma famille. Mes parents lui accordaient toute leur confiance et ils nous ont cédé une partie de leurs biens. Ils lui disaient :

– Tu n'as pas besoin de te presser. Consacre-toi tranquillement à tes études et prépare-toi à devenir professeur. Ou bien, si tu aimes mieux, tu pourrais aller en Europe, deux ou trois ans, avec ta femme.

Mon mari en était très heureux et il paraissait être disposé dans ce sens, mais, devant mes caprices, imaginant que ma tyrannie dépendait de la protection de mes parents, il finit peut-être par en être agacé. Il avait des manières bourrues de chercheur et il ne devait jamais renoncer à sa rudesse d'étudiant; il ne parvenait jamais à se montrer aimable et il n'était guère sociable : il n'a rencontré aucun succès dans sa profession. Il ne s'en rendait pas moins avec ponctualité, tous les jours, à son cabinet et je restais à la maison, à ne rien faire, du matin au soir : tout naturellement, les événements que j'avais oubliés me sont revenus en mémoire. Autrefois, j'utilisais mon temps libre à composer des poésies, mais comme elles portaient en germe ma souffrance, j'y avais renoncé. Alors, je me suis dit que, comme je ne faisais rien de bon, il fallait bien que je me secoue un peu. Je me suis demandé s'il n'y aurait pas moyen de me distraire. – Vous êtes sans doute au courant, Monsieur –, il existe une Ecole des Beaux-Arts de Jeunes Filles à Tennôji : c'est une institution privée sans grande valeur éducative, mais elle propose de nombreux départements : peinture, musique, couture, broderie, etc. Il n'y a aucune formalité d'admission et n'importe qui, adulte ou enfant, peut y accéder librement. J'avais déjà pris des leçons de *nihonga*[1] autrefois, quoique je ne sois pas très douée, et puisque ça me plaisait comme passe-temps, j'ai fini par sortir tous les matins en même temps que mon mari pour m'y rendre. Remarquez, je dis tous les jours, mais, étant donné ce type d'école, je pouvais prendre un congé quand j'en avais envie.

Mon mari n'était pas du genre à s'intéresser à la peinture ni à la littérature, mais il ne voyait pas d'inconvénient à ce que je fréquente ces cours.

---

1. Peinture de style japonais par opposition à la peinture occidentale. *(N.d.T.)*.

– C'est une bonne idée, m'a-t-il dit.

Il m'a même encouragée :

– Vas-y à fond.

Mon départ avait lieu vers neuf ou dix heures, selon les circonstances ; quelle que soit l'heure, comme mon mari n'avait pas grand-chose à faire dans son bureau, il m'attendait ; nous allions en train jusqu'à Uméda, on prenait ensemble un taxi jusqu'au coin d'Imabashi, sur l'avenue du tramway de Sakai, où mon mari descendait, tandis que je me faisais conduire à Tennôji. Mon mari semblait ravi de cet arrangement :

– J'ai l'impression de retrouver le temps où j'étais étudiant.

A quoi je répondais :

– C'est bizarre, non, pour des étudiants de se déplacer en couple en voiture ?

Ce qui l'a bien fait rire. Pour le retour, il me demandait de l'avertir, en lui téléphonant, pour venir le prendre au bureau ou lui donner rendez-vous à Namba ou à Hanshin d'où nous irions ensemble au cinéma. C'est ainsi qu'il n'y avait aucun problème entre nous, mais vers la mi-avril, je me suis disputée pour une vétille avec le directeur de l'école. C'est-à-dire... c'est vraiment une drôle d'histoire : dans cette école, on utilise des modèles auxquels on fait prendre des poses dans différentes tenues – dans le *nihonga,* on ne dessine jamais de nus –, mais il y a une classe de peinture d'après nature. Or, le modèle utilisé à ce moment-là, c'était Mlle Y., une jeune femme de dix-neuf ans, dont la beauté semblait être célèbre à Osaka ; elle posait en déesse Kannon au saule... ce qui évoquait de très près un nu, et nous permettait de

11

travailler à des études de nu. Alors que je peignais ainsi, d'après nature, avec d'autres élèves, M. le Directeur est entré un jour dans la classe.

– Madame Kakiuchi, m'a-t-il dit, votre tableau ne ressemble pas beaucoup au modèle. Est-ce que vous n'en auriez pas utilisé un autre ?

Et il s'est mis à rire, – comment dire ? –, comme s'il y avait un sous-entendu. A son rire se sont joints les gloussements des élèves. Interloquée, j'ai inconsciemment rougi, sans vraiment comprendre pourquoi je me troublais. C'est maintenant que je me dis que j'ai dû rougir, mais rien n'est sûr. Quand il a prétendu qu'il y avait un autre modèle, j'ai ressenti soudain quelque chose dont jusque-là je n'avais pas été consciente. Mais je n'aurais su dire clairement de quel modèle il s'agissait. J'avais simplement dans la tête l'image floue d'un autre modèle que Mlle Y. et tout en ayant devant les yeux Mlle Y., je me servais sans le savoir de cet autre modèle en surimpression, – sans que j'y aie mis ma propre volonté, c'est mon pinceau qui l'a dessiné tout seul.

Vous avez sans doute déjà compris, Monsieur, cette personne qu'inconsciemment j'avais prise pour modèle, – de toute façon, je dis son nom parce qu'il a été publié dans les journaux –, s'appelait Mitsuko Tokumitsu.

(*Note de l'auteur* : Malgré cette expérience peu commune, la veuve Kakiuchi ne laissait paraître aucune trace d'épuisement et son habit et son attitude avaient autant d'éclat et d'ostentation qu'il y a un an et plutôt qu'une veuve, on aurait dit une jeune femme rangée. C'était une jeune mariée, dans le plus pur style Kansai. Ce n'était pas une

12

grande beauté, mais quand elle prononça le nom de Mitsuko Tokumitsu, son visage s'éclaira mystérieusement.)

A ce moment-là, je n'étais pas encore amie avec Mitsuko. Mitsuko suivait des cours de peinture occidentale, dans une autre classe, et nous n'avions pas d'occasion de nous parler. Je ne crois même pas qu'elle me connût de vue à l'époque et, même si elle m'avait croisée, elle ne m'aurait pas remarquée. Je ne crois pas lui avoir particulièrement prêté attention, mais elle devait être plutôt sympathique. Comme on ne s'adressait même pas la parole, j'ignorais tout de son caractère et de ses goûts, – disons que c'était plutôt une question d'impression générale. Cependant, la preuve que je l'avais remarquée tout de même assez tôt, c'est que je connaissais son nom, son adresse, sans avoir eu besoin d'interroger personne ; c'était la fille d'un grossiste en draps, qui tenait une boutique à Semba, et elle habitait près d'Ashiyagawa, à Hankyû. J'ai longuement réfléchi à la remarque du directeur, et en effet, le dessin ressemblait à Mitsuko sans que j'aie recherché volontairement cette ressemblance ; et l'aurais-je voulu, de toute façon l'utilisation de Mlle Y. comme modèle n'avait pas pour but que les élèves copient son visage, n'est-ce pas ? N'était-ce pas pour qu'elle serve de modèle à Kannon, pour qu'on étudie les plis de sa robe et pour qu'on lui donne l'allure de la déesse ? Certes, Mlle Y. comptait parmi les plus beaux modèles, mais comme Mitsuko était encore plus belle, je ne voyais pas où était le problème si son visage convenait à l'atmosphère qui devait se dégager du tableau. – C'est ce que je me disais.

2

Or, deux ou trois jours plus tard, le directeur est entré à nouveau au moment de la pose du modèle, il s'est arrêté devant mon tableau et il a eu un sourire railleur :

– Madame Kakiuchi, m'a-t-il dit, madame Kakiuchi, votre dessin est un peu bizarre. Il ressemble de moins en moins au modèle. Qui donc représentez-vous ?

Il m'a fixée d'un regard moqueur.

– Comment cela ? Vous trouvez qu'il n'est pas ressemblant ? ai-je volontairement répliqué avec irritation.

Après tout, ce n'était pas lui le professeur de dessin, non ? Le professeur de *nihonga* s'appelait Shunkô Tsutsui, il ne venait pas tout le temps, mais seulement de temps à autre, pour nous dire :

– Là, ça ne va pas.

Ou bien :

– Il vaut mieux faire comme ça ici.

Et les élèves peignaient en regardant le modèle comme ils le voulaient. Le directeur, je crois, enseignait l'anglais en cours facultatif ; il n'avait aucun

14

diplôme ni aucune formation sérieuse ; on ne savait même pas de quelle école il sortait. Je devais l'apprendre plus tard, plutôt qu'un éducateur, c'était un marchand de soupe. Dans ces conditions, il ne connaissait rien à la peinture et il n'y avait aucune raison qu'il y fourre son nez. Chaque professeur avait la responsabilité de sa spécialité et le directeur venait rarement dans les classes : ce n'était que pour mon tableau qu'il nous rendait visite.

– Ah, vraiment ? Vous trouvez que votre tableau ressemble au modèle ? m'a-t-il demandé une fois encore, sur un ton ironique.

Je lui ai alors répondu en feignant l'innocence :

– Je ne suis pas très douée, mais j'ai essayé d'atteindre la ressemblance de mon mieux.

– Non, a-t-il protesté, vous ne manquez pas de don. Vous en avez, au contraire. Mais je crois que vous vous êtes servie d'un autre modèle pour le visage.

– Pour le visage ? ai-je répété. Mais pour le visage, je me suis inspirée d'un idéal qui m'est propre.

– Puis-je savoir chez qui vous avez puisé cet idéal ? s'est-il acharné.

– Comme il s'agit d'un idéal, je n'ai représenté aucune personne existant réellement. J'ai simplement essayé de lui donner l'expression la plus pure, la plus convenable à la déesse Kannon. Y a-t-il un problème ? Est-ce qu'il faut donc que la ressemblance aille jusqu'au visage ?

– Vous êtes bien raisonneuse. Si vous êtes capable de peindre un idéal, je ne vois pas très bien quel besoin vous avez de suivre un cours de peinture dans cette école. N'est-ce pas justement parce que vous ne pouvez pas vous inspirer d'un idéal que vous avez besoin de peindre d'après nature ? Si vous voulez peindre selon votre imagination, il n'est pas nécessaire d'utiliser un modèle. A plus forte raison, si cette Kannon ressemble à un autre modèle, votre idéal ne me paraît pas bien sérieux.

– C'est absolument faux ! ai-je protesté. Même si le visage ressemble à celui de quelqu'un en particulier, dans la mesure où il exprime convenablement Kannon, je ne vois pas la faute esthétique qu'on pourrait me reprocher.

– C'est justement cela qui ne va pas, a-t-il insisté. Vous n'êtes pas encore une artiste parvenue à maturité. Même si vous trouvez à ce visage de la pureté, il faut vous assurer que c'est l'opinion générale, voilà tout le problème. Le malentendu vient de là.

– Le malentendu ! Quel malentendu ? Vous ne cessez de parler de ressemblance ! A qui ressemble ce portrait ? Dites-le donc ! ai-je fini par exiger.

Alors, le directeur, décontenancé, m'a riposté :

– Vous êtes vraiment têtue, vous !

Et il s'est tu. Je l'avais réduit au silence, j'avais l'impression d'avoir remporté une victoire, et je jubilais vraiment. Notre dispute avait eu toute la classe pour témoin ; le scandale ne devait pas tarder à faire boule de neige. On disait que j'avais fait des avances homosexuelles à Mitsuko et que nous entretenions une relation douteuse. Or, comme je l'ai déjà dit, il n'y avait vraiment rien entre nous, nous ne nous parlions même pas, c'était un atroce mensonge. J'avais bien le sentiment d'être l'objet d'une médisance, mais je n'imaginais pas le moins du monde que l'histoire serait allée jusque-là. Comme je n'étais pas véritablement concernée, je ne m'en souciais pas réellement et je me disais que les gens font courir n'importe quel bruit. Comment osait-on jeter une telle suspicion sur notre relation, alors que nous ne nous connaissions même pas, et comment tissait-on tant de mensonges et répandait-on tant de sornettes ? Cela atteignait un tel degré d'absurdité que je ne m'étais même pas mise en colère. Finalement, cela ne me faisait trop rien, mais je pensais à Mitsuko et je me demandais quelle serait sa réaction : à coup sûr, elle en serait excédée. Quand je la croiserais en chemin, je ne pourrais pas soutenir son regard, comme il m'était arrivé de le faire. Et je n'osais pas non plus prendre l'initiative d'aller m'excuser auprès d'elle. Cela paraîtrait encore plus bizarre. Elle serait gênée, ce qui m'interdisait de le faire. Si je passais près d'elle, je me faisais toute petite, je baissais la tête, comme si je la fuyais : tout cela était destiné à manifester ma contrition. Mais j'étais en même temps très curieuse de savoir si elle était irritée et de connaître l'expression de son visage et j'essayais donc de surprendre furtivement son regard. Elle n'avait pas l'air changé et elle ne paraissait pas me regarder avec mauvaise humeur. Au fait, j'ai apporté sa photo. Jetez-y un coup d'œil. Nous l'avons fait prendre lorsque nous avons eu nos kimonos identiques. C'est celle qui a paru dans la presse. Comme vous le constatez, je suis le faire-valoir, alors que Mlle Mitsuko était d'une beauté remarquable, même parmi les filles de Semba.

(*Note de l'auteur* : On voit sur la photo que ces

17

kimonos en deux exemplaires semblent être dans des coloris très criards, tout à fait dans le goût d'Osaka ; la veuve Kakiuchi avait rassemblé ses cheveux en catogan, Mitsuko s'était fait un chignon, elle avait un style « citadin » typique d'Osaka, et ses yeux avaient un éclat passionné. En un mot, elle avait le regard ardent et fascinant, digne d'un génie de l'amour. C'était incontestablement une beauté exceptionnelle ; et la veuve Kakiuchi qui se présentait comme un simple « faire-valoir » n'exagérait pas par excès de modestie. Mais de là à en faire le modèle de la divinité Kannon, c'était plus discutable.)

Que pensez-vous de ce visage, vous-même, Monsieur ? Est-ce que vous ne trouvez pas que la coiffure japonaise lui sied à ravir ? Sa mère en raffolait et la coiffait ainsi, même pour aller à l'école. – Etant donné le genre de l'école, les élèves ne portaient pas d'uniforme et pouvaient s'y rendre coiffées à la japonaise et vêtues d'un simple kimono sans *hakama*[1] : moi-même, je n'ai jamais revêtu le *hakama*. Mitsuko s'habillait parfois à l'occidentale, mais quand elle choisissait un vêtement japonais, elle se passait aussi du *hakama*. Sur la photo, la coiffure la fait paraître plus jeune que moi d'environ trois ans, – en réalité, elle en avait vingt-trois, un de moins que moi –, si à présent, elle était encore vivante, elle en aurait vingt-quatre. Elle me dépassait de quelques centimètres, et de plus, les femmes qui sont belles, même si elles n'ont pas l'intention de se vanter de leur apparence, se révèlent tout de même par leur comportement sûres

1. Large pantalon. *(N.d.T.)*

18

d'elles, à moins que ce ne soit qu'une impression chez quelqu'un qui, comme moi, est intimidé. Même quand nous sommes devenues amies, j'ai toujours eu l'impression d'être sa petite sœur, mais j'aurais dû me considérer par l'âge comme l'aînée.

A cette époque, – il me faut remonter à la période où nous ne nous fréquentions pas encore –, il n'était pas possible que cette ignoble calomnie à laquelle j'ai fait allusion lui ait échappé. Et pourtant, elle n'avait pas du tout changé d'attitude. Je l'admirais depuis longtemps ; quand ce bruit ne courait pas encore, chaque fois que nous nous croisions, j'avais instinctivement tendance à m'approcher d'elle, mais elle ne paraissait absolument pas s'apercevoir de ma présence. Elle marchait d'un pas rapide et l'air gagnait même en pureté à son passage. Si elle avait eu vent de ces racontars, elle n'aurait certainement pas pu m'ignorer, n'est-ce pas ? Que je lui étais antipathique ou que je lui faisais de la peine : il fallait bien que son attitude trahît ce genre de réaction. En fait, rien de tout cela ne transparaissait. Du coup, j'ai redoublé d'audace et j'ai fini par m'approcher d'elle, pour guetter les expressions de son visage. Or, un jour, nous sommes tombées l'une sur l'autre, par hasard, dans la salle de récréation, pour la pause de midi, et, au lieu de passer devant moi avec indifférence, je ne sais pas pourquoi elle me sourit du regard. Je me suis inclinée instinctivement. Sans l'ombre d'une hésitation, elle est venue vers moi et elle m'a dit :

– Je suis vraiment désolée pour tout ce qui s'est passé. Je vous en prie, ne pensez pas à mal.

– Mais que dites-vous ? C'est à moi de m'excuser, ai-je protesté.

Alors elle a repris :

– Vous n'avez pas à vous excuser. Vous ne savez rien. Faites attention, parce que quelqu'un veut nous faire tomber dans un piège.

– Ah oui ? ai-je fait. Et qui ça ?

– Le directeur. Je ne peux pas tout vous raconter en détail. Si nous sortions et si nous déjeunions quelque part ensemble ? Ainsi, vous pourrez écouter tranquillement tout ce que j'ai à vous dire.

– Je suis disposée à vous accompagner n'importe où, ai-je répondu.

Et voilà comment nous nous sommes rendues dans un restaurant près du parc de Tennôji. Nous avons commandé des plats occidentaux et Mitsuko m'a raconté que c'était bien du directeur que venait cette rumeur malveillante à notre égard. Evidemment, il était plutôt étrange qu'il fût venu dans la salle de cours, sans aucune nécessité, rien que pour m'humilier froidement devant mes compagnes. Il n'avait pu, selon moi, agir que par méchanceté. Pourquoi le directeur avait-il répandu ces calomnies ? Il avait pour cible Mitsuko et, apparemment, il essayait de discréditer sa conduite par tous les moyens. Et voici pourquoi. A cette époque, Mitsuko avait reçu une proposition de mariage avec M., le rejeton d'une riche famille, parmi les plus célèbres d'Osaka. L'idée ne souriait guère à Mitsuko, mais sa famille y tenait et le jeune homme lui-même voulait épouser Mitsuko. Or, un conseiller municipal avait une fille qui s'était mise sur les rangs et Mitsuko avait donc fini par avoir une rivale. Quoique Mitsuko n'ait même pas pensé lui porter ombrage, le conseiller avait dû s'inquiéter d'une telle concurrence. Sans aucun doute, elle présentait un réel danger, puisque le jeune M., sous le charme de sa beauté, lui avait même envoyé des billets doux. C'est pourquoi le conseiller avait décidé de prendre les grands moyens, en essayant de s'attaquer si possible à la réputation de Mitsuko : il avait lancé des accusations selon lesquelles elle aurait eu une liaison avec tel homme, et des calomnies du même tonneau. Mais cela ne lui suffisait pas, et il a fini par soudoyer carrément le directeur. Ah, j'oubliais. Auparavant, – ça devient un vrai sac d'embrouilles –, le directeur avait demandé au père de Mitsuko un prêt de mille yens pour restaurer le bâtiment de l'école. La famille de Mitsuko avait une grande fortune à sa disposition et mille yens, cela ne représentait rien pour eux, mais le père de Mitsuko a trouvé assez surprenant que le directeur ait recours à un emprunt privé et non pas à une souscription publique. Et puis, comme la somme ne permettrait certainement pas la restauration d'un bâtiment de cette taille, il a conclu que la requête était très douteuse et il y a opposé un refus net. D'après Mitsuko, le directeur avait la manie de frapper à la porte des familles des élèves qui paraissaient les plus riches, en avançant toujours les mêmes prétextes et sans jamais rien rembourser. Si encore il employait ces emprunts à retaper les murs de l'école ! Mais le bâtiment tombait en ruine et il était aussi répugnant qu'une porcherie. Pardon ? Non, cet argent il l'utilisait à ses propres fins ! De directeur, il n'avait que le nom, c'était en fait un bouffon de première ! Et avec ça, sa femme donnait des cours de broderie. A eux deux, ils faisaient la cour aux plus fortunées de leurs élèves et le dimanche, ils organisaient des excursions, vous voyez, ce genre de choses, vous pensez s'ils vivaient dans le luxe. Quand on leur prêtait de l'argent, ils se montraient d'excellente humeur, mais si jamais ils se heurtaient à un refus, ils répliquaient en colomniant ignoblement l'élève. Voilà donc que s'ajoutait à la rancune qu'ils nourrissaient contre Mitsuko la requête du conseiller : ils allaient être prêts à n'importe quelle ignominie.

– C'est ainsi qu'ils se sont servis de vous pour me prendre au piège, m'a confié Mitsuko.

– Vraiment ! me suis-je exclamée. C'est donc si grave que ça ! Jamais je ne me serais doutée de rien. Est-ce que cela ne vous paraît pas trop absurde ? L'auteur de ce scénario est ce qu'il est, mais enfin, je trouve plutôt louche que les autres gobent tout sans broncher.

– Vous êtes vraiment une oie blanche ! Tout le monde est convaincu que nous ne nous parlons pas en classe simplement à cause de ces racontars. Il y a même quelqu'un qui prétend nous avoir vues dimanche dernier prendre ensemble le train pour Nara.

J'étais interloquée. J'ai demandé :

– Qui a pu dire ça ?

– Il semble que ce soit la femme du directeur. Faites attention parce que ces gens-là sont dix fois, vingt fois plus perfides que vous ne sauriez l'imaginer.

3

Et comme Mitsuko continuait à me dire :

– Je suis vraiment désolée pour vous, excusez-moi, excusez-moi...

... elle se confondait tellement en excuses qu'à mon tour, je me sentais vraiment gênée.

– Pas du tout. Vous n'y êtes pour rien. C'est le directeur qui s'est conduit d'une manière ignoble... Quelle bassesse de la part d'un éducateur... S'il n'en tenait qu'à moi, je me moquerais bien du qu'en-dira-t-on. Mais vous n'êtes pas encore mariée, faites attention à ne pas tomber dans les griffes de ces rapaces !

Je faisais de mon mieux pour la consoler.

– Je suis vraiment libérée d'avoir tout pu vous confier. J'ai l'esprit plus léger à présent, a-t-elle continué, en souriant. Mais peut-être vaut-il mieux ne plus revenir là-dessus, pour ne pas faire jaser davantage. Tirons un trait une fois pour toutes.

– Quel dommage, alors que nous commencions à peine à devenir amies, me suis-je écriée.

C'était vraiment ce que je ressentais et j'ai probablement laissé paraître ma gêne.

– Si vous êtes d'accord, m'a-t-elle proposé, cela

me ferait plaisir que nous devenions amies. Est-ce que cela vous dirait de venir chez moi un jour ? Les commérages ne me font pas peur.

– Moi non plus, je n'en ai pas peur. S'ils finissent par devenir trop pesants, je cesserai de suivre les cours ici, ai-je décidé.

– Ecoutez, madame Kakiuchi, tant que nous y sommes, autant assumer notre intimité au grand jour et nous pourrons bien mettre à l'épreuve la réaction des autres. Qu'en dites-vous ?

– Je trouve l'idée excellente ! Je ne sais pas ce que je donnerais pour voir la tête du directeur, ai-je aussitôt consenti.

– Eh bien, j'ai une idée intéressante, a-t-elle renchéri, en applaudissant avec l'excitation d'une gamine. Et si dimanche prochain nous allions à Nara en tête-à-tête ?

– Oh oui ! Allons-y, allons-y ! Si ça se sait, ça va faire un de ces scandales !

Il nous avait ainsi suffi d'une demi-heure ou d'une heure pour rompre la glace.

Nous nous sommes écriées presque d'une seule voix :

– Aujourd'hui, ce serait vraiment idiot de retourner en classe. Si nous allions au cinéma ?

Nous avons ainsi passé agréablement l'après-midi ensemble. Mitsuko a pris congé en me disant :

– Je dois faire une course.

Et elle s'est éloignée dans l'avenue de Shinsai-bashi, pendant que je prenais un taxi à Nihom-bashi pour aller jusqu'au bureau d'Imabashi. Comme à mon habitude, je suis allée rejoindre mon mari dans son cabinet et nous sommes rentrés ensemble en train par la ligne de Hanshin.

– Tu me parais bien excitée, dis-moi, a-t-il remarqué. Il t'est arrivé quelque chose de particulier ?

Alors, je me suis dit :

« Je suis donc différente aujourd'hui. Est-il possible que cette amitié avec Mitsuko m'ait à ce point rendue heureuse ? »

– Oui, ai-je avoué, j'ai sympathisé avec quelqu'un de très bien, aujourd'hui.

– Qui ça ?

– Qui ? Elle est très belle. – Ecoute, tu sais qu'à Semba, il y a un marchand de tissus en gros, qui s'appelle Tokumitsu ? Eh bien, c'est sa fille.

– Et où est-ce que vous vous êtes rencontrées ?

– A l'école. – Pour tout dire, c'est parce qu'il y a déjà quelque temps qu'on fait courir sur nous de drôles de bruits.

Comme je n'avais rien à me reprocher, j'ai tout raconté de A à Z, à moitié par plaisanterie, à partir de nos disputes avec le directeur.

– C'est quelque chose cette école, dis-moi, a-t-il répliqué gaiement. Mais si ton amie est aussi belle que tu le prétends, j'aimerais bien faire sa connaissance.

– Elle viendra bientôt chez nous. Nous nous sommes promis d'aller ensemble à Nara, dimanche prochain. Ça ne t'ennuie pas trop ?

– Je t'en prie, m'a-t-il répondu avant d'ajouter en riant : Tu vas mettre le directeur dans une de ces rognes...

Le lendemain, quand je suis arrivée à l'école, tout le monde savait que nous avions déjeuné ensemble et que nous avions passé l'après-midi au cinéma.

– Madame Kakiuchi, vous vous êtes promenée à Dôtombori hier, n'est-ce pas ?

– Ça devait être agréable.

– Et qui était donc cette jeune femme avec vous ?

Les femmes sont vraiment insupportables. Mitsuko que ces remarques réjouissaient s'est alors délibérément approchée de moi pour les provoquer. Deux ou trois jours se sont écoulés et nous sommes ainsi devenues très amies. Le directeur était tellement ahuri qu'il se contentait de nous dévisager d'un œil furibond. Mais il n'osait rien dire.

– Vous savez, madame Kakiuchi, vous devriez accentuer la ressemblance de cette Kannon avec moi. J'aimerais bien savoir ce qu'il dira.

Et j'ai corrigé mon tableau pour rendre la ressemblance encore plus frappante, mais le directeur n'est plus revenu dans ma classe.

– Comme c'est marrant !

On était ravies !

Maintenant nous n'avions plus besoin d'aller à tout prix à Nara, mais comme c'était un très beau dimanche de la fin du mois d'avril, nous nous sommes entendues au téléphone et nous nous sommes retrouvées au terminus d'Ueroku pour passer l'après-midi sur la colline de Wakakusa. Mitsuko paraissait tour à tour très précoce et aussi naïve qu'une enfant ; quand nous sommes arrivées au sommet de la colline, elle a acheté cinq ou six mandarines et elle m'a dit :

– Regarde un peu !

Elle les a fait rouler sur la pente qu'elles dévalaient. Elles ont même dépassé la route et elles

26

sont entrées dans une maison. Voyant cela, elle ne pouvait plus arrêter ce petit jeu tant elle s'amusait.

– Mitsuko, tu ne crois pas qu'il serait plus intéressant d'aller cueillir des fougères ? Il paraît qu'il y a un endroit sur cette colline où elles abondent ainsi que des prêles.

C'est ainsi que jusqu'au crépuscule, nous avons cueilli quantité de fougères, d'osmondes et de prêles. Vous voulez savoir où exactement ? Vous voyez, la colline de Wakakusa est formée de trois monticules : nous étions dans le creux qui sépare les deux premiers. Les plantes y poussent à foison : elles sont particulièrement savoureuses parce que à chaque printemps on brûle toute la colline. Quand il a commencé à faire vraiment sombre, nous sommes retournées sur la première colline : nous étions tellement fourbues que nous nous sommes assises à mi-pente. Au bout d'un moment, Mitsuko m'a dit avec une étrange gravité :

– Il faut absolument que je te remercie de quelque chose.

– De quoi ? lui ai-je demandé.

– Grâce à toi, je peux à présent échapper à cet homme insupportable qui voulait m'épouser.

Je ne sais pas pourquoi elle a souri malicieusement.

– Tiens ? Et pourquoi donc ?

– La rumeur est un vrai feu de paille. Il est déjà au courant de notre relation.

4

– Hier soir, chez moi, on en a parlé, a poursuivi
Mitsuko. Ma mère m'a appelée et m'a demandé :
« A l'école, voilà ce qu'on raconte à ton sujet. C'est
vrai ? » Et moi : « Ça, pour le dire, ils le disent.
Mais toi, maman, qui te l'a raconté ? » Elle, alors :
« Peu importe qui me l'a dit, réponds-moi plutôt.
Est-ce que c'est vrai ? – Oui, c'est vrai, mais quel
mal y a-t-il ? Nous sommes seulement de bonnes
amies. » Alors, ma mère est restée un peu perplexe
et elle a ajouté : « Si vous n'êtes qu'amies, peu
importe. Mais il paraît que c'est quelque chose de
pas convenable. – Quelque chose de pas convenable ? Mais quoi ? – Je n'en sais rien, moi. S'il n'y
avait pas de mal, en tout cas, on ne te calomnierait
pas ainsi. – Ah, je vois, mon amie m'a dit que mon
visage lui plaisait, et elle a fait mon portrait.
Depuis, toutes les élèves nous évitent. Elles sont
tellement barbantes, dans cette école ! Il suffit que
quelqu'un ait un beau visage pour être haï d'une
manière ou d'une autre. – Cela se peut. » Après
cette explication, ma mère a fini par comprendre
et elle m'a dit : « Si c'est comme ça, cela n'a
aucune importance. Mais n'est-il pas préférable

que tu cesses de ne fréquenter que cette demoiselle ? C'est une période importante dans ta vie, et il vaut mieux que tu ne sois pas l'objet de mesquines calomnies. » C'est ainsi que tout s'est arrangé. Certainement, ce conseiller municipal avait dû prendre connaissance des racontars par son entourage et il les a rapportés à M. et tout est venu aux oreilles de ma mère. Le projet de mon mariage semblait bien à l'eau.

– Pour toi, ce sera parfait, mais ta mère va me détester. Tu verras, bientôt elle te dira de ne plus me rencontrer. Je ne voudrais pas être la cause d'un malentendu, lui ai-je déclaré, préoccupée.

– Oh, ne te tracasse pas, m'a-t-elle répondu. Pour ça, si elle me l'impose, je lui dirai tout : que le directeur est un rapace, qu'il a l'habitude de calomnier quiconque refuse de lui prêter de l'argent, qu'il a été soudoyé par le conseiller municipal. Si je ne l'ai pas encore dit, c'est parce que je craignais qu'elle me force à quitter cette école, en expliquant qu'elle la trouve louche. Dans ces conditions, je n'aurais plus pu te revoir.

– Mais tu es très astucieuse !

– Oh oui, j'ai plus d'un tour dans mon sac.

Elle étouffait un petit rire :

– A malin, malin et demi...

– Je suppose que la fille du conseiller municipal sera ravie que ton mariage parte en fumée.

– Ainsi, nous serons deux à t'être reconnaissantes.

Nous avons parlé de choses et d'autres sur la colline pendant plus d'une heure. J'étais déjà montée à plusieurs reprises à cet endroit, sans jamais y rester jusqu'au crépuscule ; c'était la première fois que je contemplais de ce point de vue le panorama voilé par la brume du soir. Tout à l'heure encore, quelques personnes s'étaient arrêtées çà et là, mais maintenant, de la cime au vallon, on ne voyait âme qui vive. Il y avait eu de nombreux promeneurs ce jour-là et sur les douces pentes couvertes d'herbes tendres étaient éparpillés les restes des goûters, des écorces de mandarines, des bouteilles de saké : le ciel avait conservé une légère luminosité, mais au-dessous de nous, les lumières de Nara étincelaient et au loin, en face, l'illumination du funiculaire du mont Ikoma paraissait s'allonger par intervalles comme un chapelet interrompu çà et là par la brume violacée. En contemplant ces scintillements, j'étais submergée par l'émotion.

– Tiens, le soir est déjà tombé, quelle tristesse ! a soupiré Mitsuko.

– Seule, j'aurais peur, ai-je commenté.

– Pour m'isoler avec quelqu'un que j'aime, je préfère un endroit aussi triste.

« Avec toi, je pourrais rester toute ma vie ici », ai-je pensé. Mais je me suis efforcée de ne pas l'exprimer et j'ai continué à contempler le profil de Mitsuko dans la pénombre ; elle était penchée vers l'avant, les jambes étendues ; il faisait si sombre que je ne distinguais pas son expression. Il n'y avait que les phénix dorés du toit du temple du grand Bouddha que l'on apercevait encore dans la faible clarté qui demeurait, derrière les *tabi*[1] de Mitsuko.

– Il se fait tard, allons-y, avons-nous décidé.

Nous sommes redescendues jusqu'à la gare à pied : il était déjà sept heures.

1. Chaussettes blanches. *(N.d.T.)*

– J'ai faim et toi ?

– Aujourd'hui, je dois revenir tôt, parce que je suis sortie sans préciser que j'irais à Nara, m'a répondu Mitsuko, inquiète de l'heure qui avançait.

– Mais j'ai une faim de loup ! Au point où on en est, une heure de plus ou de moins, ça ne change pas grand-chose.

Je l'ai entraînée dans un restaurant occidental.

– Ton mari ne proteste pas si tu te mets en retard ? a-t-elle demandé au cours du repas.

– Mon mari ne se mêle jamais de choses de ce genre. Et puis je lui ai déjà fait part de notre amitié.

– Qu'en a-t-il dit ?

– Comme je ne cessais de parler de toi, il a commenté : « Si elle est aussi belle que tu le prétends, j'aimerais faire sa connaissance. Ne peut-elle venir chez nous une fois ? »

– Il est gentil, ton mari ?

– Oui, il me passe tous mes caprices. Il est si gentil que c'en est parfois décourageant.

Jusque-là, je ne lui avais rien révélé de ma vie privée et voilà que je lui confiais tout : pourquoi je m'étais mariée, jusqu'à mes problèmes sentimentaux dont vous-même, Monsieur, vous avez eu la bonté de vous soucier. Quand je lui ai appris que je vous connaissais, Monsieur, elle s'en est étonnée :

– Vraiment, tu le connais ?

Mitsuko aimait, elle aussi, vos romans et elle m'a demandé de vous la présenter un jour. J'ai repoussé ce moment de jour en jour, et maintenant c'est trop tard.

– Ah ! ah ! a-t-elle fait. Tu as cessé de le fréquenter.

Elle était très avide d'approfondir cette question. Je lui ai répondu que nous nous étions un peu perdus de vue.

– Mais pourquoi ? S'il s'agissait d'un amour chaste, comme tu l'affirmes, moi, à ta place, j'aurais continué à le voir. J'aurais fait une distinction très nette entre amour et mariage.

Et elle ajoutait :

– Mais ton mari n'en savait rien ?

– Oh ! il s'en doutait peut-être. Mais il ne m'a fait aucune remarque. De toute évidence, cela n'a créé aucun problème pour lui.

– Quelle confiance il a en toi !

– C'est qu'il me considère comme une petite fille et ça, ça ne me plaît pas, ai-je dit.

Ce soir-là, quand je suis rentrée à la maison, il était presque dix heures.

– Tu es bien en retard ! a-t-il protesté.

Il faisait une drôle de tête, il avait l'air un peu esseulé et ça m'a serré le cœur. Je n'avais rien à me reprocher et pourtant, c'est étrange, j'éprouvais un certain remords à voir qu'il venait à peine de dîner et qu'il était fatigué de m'avoir tant attendue.

A vrai dire, il m'était déjà arrivé de rentrer après dix heures, quand j'avais cet amant, mais ces temps derniers, je n'étais jamais revenue avec un tel retard. Et c'est peut-être pour cela que mon mari a eu de vagues soupçons, et, moi aussi, je ne sais trop pourquoi, j'ai eu l'impression d'avoir régressé à cette époque-là.

5

C'est à ce moment-là que j'ai achevé le portrait de la déesse Kannon et que je l'ai montré à mon mari.

– Tiens, tiens ! Elle est donc comme ça, Mitsuko ? Ce n'est pas si mal que ça, ce tableau, pour une débutante.

Il faisait ces commentaires pendant le repas. Il avait posé le tableau sur le tatami : il prenait une bouchée et il le regardait, une autre bouchée et il le contemplait encore.

– Elle est vraiment belle. Mais est-ce que c'est ressemblant ? demandait-il, incrédule.

– Evidemment, pour avoir fait toutes ces histoires, il le faut bien. Mais la Mitsuko réelle, en plus de cette apparence aérienne, a un côté charnel qu'il n'est pas possible de rendre avec la technique du *nihonga*.

J'avais vraiment mis toute mon âme dans ce travail que je trouvais moi-même plutôt réussi. Mon mari voulait à tout prix que ce fût un chef-d'œuvre. En tout cas, depuis que je m'étais mise à peindre, je n'avais jamais connu un tel enthousiasme.

– Et si nous l'encadrions de tissu, pour l'accrocher ? Qu'en dis-tu ? Quand ce sera prêt, tu pourras inviter Mitsuko, pour qu'elle vienne l'admirer.

L'idée m'a plu. J'ai décidé de l'apporter à Kyôto chez un encadreur, pour qu'il fasse un travail soigné, mais j'ai fini par oublier. Et puis, un jour, au cours d'une conversation avec Mitsuko, je lui ai parlé de ce projet que j'avais.

– Pourquoi ne pas essayer de le corriger, avant de l'apporter à l'encadreur ? a-t-elle proposé. Il est déjà très bien ainsi. Le visage est très ressemblant, mais le corps est un peu différent du mien.

– Différent ? En quoi ?

– J'aurais beau essayer de te l'expliquer, tu ne comprendrais pas.

Elle exprimait simplement son impression, il n'y avait aucune marque de vanité du genre : « J'ai un corps bien mieux fait. » Mais elle paraissait légèrement insatisfaite et c'est alors que je lui ai demandé :

– J'aimerais bien te voir nue, une fois.

– D'accord, il n'y a aucun problème.

Je ne me rappelle pas exactement où nous avons échangé ces paroles. C'était probablement au retour de l'école.

– Alors, je viendrai chez toi et je me montrerai à toi.

Voilà comment, le lendemain après-midi, nous avons séché les dernières heures de cours et nous sommes allées chez moi.

– Il va être ahuri, ton mari, quand il me découvrira toute nue.

Mitsuko ne paraissait pas du tout gênée par la situation et elle me lançait des coups d'œil complices comme s'il s'était agi d'un bon tour.

– Chez moi, ai-je répondu, il y a une pièce qui conviendra parfaitement. C'est une chambre à l'occidentale et personne ne nous y verra.

Je l'ai amenée dans la chambre à coucher du premier étage.

– Quelle pièce agréable ! s'est-elle écriée. Et ce grand lit est d'un chic...

Elle s'est assise sur le lit, en faisant grincer les ressorts du matelas, et elle a gardé les yeux tournés vers la mer.

Ma maison donne sur la plage et du premier étage on jouit d'une vue extraordinaire. Il y a deux baies vitrées orientées vers l'est et le sud, si lumineuses qu'elles empêchent de faire la grasse matinée. Quand il fait beau, on distingue les monts de Kishû au loin, au-delà des forêts de pins et de la mer, et même le mont Kongô. Pardon ?.. Oh oui, on peut même se baigner. Mais à cet endroit, les baignades sont dangereuses. On perd pied très vite. A Kôroen, en revanche, la plage est très fréquentée l'été. C'était alors la mi-mai.

– J'aimerais être déjà en été. Je pourrais venir nager ici tous les jours ! s'est exclamée Mitsuko.

Et puis, elle a regardé tout autour d'elle dans la chambre.

– Je voudrais avoir une chambre pareille quand je serai mariée.

– Tu en auras une bien plus belle, parce que tu feras un plus beau mariage que moi, tu ne penses pas ?

– Si, mais une fois mariée, quelle que soit la chambre, c'est comme si on était enfermé dans une cage dorée.

– C'est vrai, j'ai parfois ce sentiment...

– C'est votre chambre secrète. Est-ce que ton mari ne te reprochera pas de m'y avoir introduite ?

– Quelle importance si c'est une chambre secrète ? Pour toi, c'est différent.

– Il n'y a pas à dire, la chambre d'un couple est sacrée et...

– Mais la nudité d'une vierge est sacrée, elle aussi, et je ne connais pas de lieu mieux adapté pour la découvrir. Il y a encore une lumière favorable, dépêche-toi de te déshabiller.

– Est-ce qu'on ne risque pas d'être vu de la mer ?

– Ne dis pas d'âneries ! Comment veux-tu qu'on nous voie d'un bateau au large ?

– Oui, mais il y a des baies vitrées. Je préférerais qu'on tire les rideaux.

Nous étions encore en mai, toutefois le soleil était éblouissant et les fenêtres étaient grandes ouvertes. Dès que nous les avons fermées, il a fait une chaleur étouffante dans la chambre et nous ruisselions de sueur. Mitsuko m'a dit qu'elle avait besoin d'un tissu blanc qui lui servirait pour la robe immaculée de Kannon. J'ai enlevé le drap du lit. Cachée par l'armoire, elle a ôté sa ceinture, elle a défait sa coiffure, elle s'est repeignée et elle s'est enveloppé la tête et le corps du drap, à la manière de Kannon.

– Regarde-moi. Est-ce que je ne suis pas très différente de ton tableau, maintenant ?

Elle s'est mise face à la glace de l'armoire, en extase devant sa propre beauté.

– Quel corps splendide tu as ! me suis-je exclamée, comme si je lui avais reproché de m'avoir trop longtemps caché un tel trésor.

Sur mon tableau, le visage ressemblait au sien, mais le corps, évidemment, était différent, puisque je m'étais inspirée de celui de Mlle Y., le modèle. D'ailleurs, en général, les modèles de *nihonga* ont le visage plus beau que le corps : cette Mlle Y. n'avait pas un corps très attirant, elle avait une peau abîmée et olivâtre ; un œil averti aurait mis entre sa peau et celle de Mitsuko autant de distance qu'entre l'encre et la neige.

– Mais pourquoi as-tu caché jusqu'ici un corps aussi merveilleux ?

Je me plaignais presque en lui disant cela.

– C'est trop, c'est trop ! ai-je répété.

Et je ne sais pas pourquoi mes yeux se sont remplis de larmes. J'ai enlacé Mitsuko par-derrière et j'ai posé ma joue ruisselante sur son épaule recouverte par le drap blanc. J'ai contemplé dans le miroir notre reflet.

– Tu es folle ou quoi ? a-t-elle demandé, ébahie devant les larmes qu'elle découvrait dans la glace.

– Ce que j'ai vu est si beau que je pleure d'émotion, lui ai-je expliqué.

Je suis restée serrée contre elle sans même essuyer les larmes qui continuaient à couler.

6

– Allons, maintenant, tu as bien pu me voir. Je me rhabille.

– Non, non ! ai-je supplié, en secouant capricieusement la tête. Reste encore comme ça !

– Tu perds la tête. Je ne vais tout de même pas rester toute nue.

– Evidemment que tu le peux. D'ailleurs, tu n'es pas vraiment nue. Enlève ce tissu blanc, ai-je ordonné, en lui arrachant le drap qui lui couvrait l'épaule.

– Laisse-moi tranquille ! Laisse-moi tranquille !

Comme elle essayait de le retenir de toutes ses forces, le drap s'est déchiré violemment. Je devenais folle de rage et, pleurant de dépit, j'ai crié :

– Je n'en ai plus envie ! Je ne te pensais pas aussi indifférente. Mais ça suffit. A partir de maintenant, notre amitié est finie.

Et j'ai lacéré avec mes dents le drap que j'avais arraché.

– Tu as vraiment perdu la raison !

– Je ne connais personne qui ait moins de cœur que toi ! Est-ce que nous ne nous étions pas juré de ne rien nous cacher ? Menteuse !

Je devais certainement avoir perdu tout contrôle de moi-même : je ne m'en souviens pas très bien, mais je me suis sentie pâlir et trembler, en la fixant avec fureur. Je devais avoir une vraie tête de folle. Elle aussi, elle me dévisageait en tremblant, sans rien dire. Elle avait abandonné sa noble attitude de Kannon, mais elle avait couvert sa poitrine de ses bras repliés sur les épaules et elle avait croisé les jambes en ployant un genou. Elle était émouvante dans sa beauté. Elle m'a fait de la peine, mais en découvrant sa peau blanche et sa chair pulpeuse à travers la déchirure du drap, j'ai été prise du désir de le lacérer plus cruellement encore et j'ai bondi vers elle pour l'arracher avec brutalité. J'étais saisie d'un tel élan frénétique que Mitsuko, intimidée, ne s'opposait pas à mes gestes. Nous nous contentions d'échanger des regards si intenses qu'ils paraissaient empreints de haine et nous ne nous quittions plus des yeux un seul instant. Finalement, un sourire s'est dessiné sur mes lèvres, un sourire victorieux, car j'avais obtenu gain de cause, mais aussi un sourire glacé et malveillant : j'ai lentement ôté ce qui enveloppait ses membres ; quand m'est enfin apparu son corps sculptural de vierge, mon sentiment de triomphe a cédé la place à l'émerveillement qui m'a fait pousser un cri :

– Ah ! je te hais ! Tu as un corps si beau. Je voudrais te tuer.

Tout en disant cela, d'une main je serrais son poignet qui tremblait et de l'autre j'approchais son visage de mes lèvres. Et je l'ai embrassée. Mitsuko s'est mise à hurler à son tour d'une voix surexcitée :

– Tue-moi, tue-moi ! Je veux être tuée par toi !

Et son souffle tiède effleurait mon visage. Des ruisseaux de larmes roulaient sur ses joues. Nous nous tenions enlacées, les bras de l'une autour de la taille de l'autre et nous buvions nos larmes.

Ce jour-là, je n'avais pas d'intention particulière, mais je n'avais pas averti mon mari que j'amènerais Mitsuko à la maison : or, comme il pensait que je passerais à son bureau, il m'avait attendue jusqu'à la tombée de la nuit, et, ne me voyant pas venir, il a téléphoné à la maison :

– Tu aurais pu tout de même me prévenir, si c'est comme ça ! Tu m'as fait poireauter !

– Excuse-moi, j'ai oublié. Nous nous sommes décidées au dernier moment.

– Mais alors, Mitsuko est toujours là ?

– Oui, mais elle doit repartir dans peu de temps.

– Oh, essaie de la retenir. Je vais bientôt revenir.

– Alors, tu n'as qu'à te presser.

C'est ce que je disais, mais en réalité, je n'étais pas ravie qu'il revienne. Depuis l'incident de la chambre à coucher, j'éprouvais un réel sentiment de bonheur. Je trouvais la journée tellement merveilleuse que j'avais l'impression de planer, comme si mes pieds n'avaient plus touché le sol et que mon cœur eût tressailli au moindre événement : le retour de mon mari suffirait à gâcher mon bonheur. Mon rêve aurait été de converser seule avec Mitsuko éternellement. Non, ce n'était même pas la peine de parler, si seulement j'avais pu contempler en silence le visage de Mitsuko : sa seule présence m'emplissait d'un bonheur infini.

– Ecoute, Mitsuko, il vient de téléphoner. Mon mari va rentrer. Qu'est-ce que tu vas faire ?

– Mon dieu, que faire ?

Elle a enfilé précipitamment ses vêtements. Il était environ cinq heures et il y avait deux ou trois heures qu'elle ne portait qu'un drap sur elle.

– Ce n'est pas bien si je m'en vais sans faire sa connaissance ?

– Il a dit qu'il voulait te voir... Il va rentrer tout de suite, tu peux l'attendre, non ?

Je la retenais ainsi, mais, en fait, je voulais qu'elle parte avant le retour de mon mari. J'aurais aimé que cette journée se termine d'une manière parfaitement heureuse et que ce souvenir précieux ne soit pas profané par un tiers. Dans un tel état d'esprit, forcément, quand il est rentré, j'avais l'air maussade et j'étais d'une humeur massacrante. Mitsuko, devant ma mine, n'a guère parlé, peut-être aussi parce qu'elle rencontrait mon mari pour la première fois et qu'elle éprouvait quelques remords : mais nous ne savions trop quelle attitude prendre et chacun de nous trois suivait le cours de ses pensées. J'étais de plus en plus furieuse que nous ayons été dérangées et je me suis mise à éprouver une réelle animosité à l'égard de mon mari.

– Qu'est-ce que vous vous amusiez à faire ?

Par considération envers Mitsuko, il avait timidement lancé la conversation.

– Nous avons transformé aujourd'hui notre chambre en atelier.

J'avais volontairement répondu sur un ton tranchant.

– Je voulais corriger un peu le portrait de Kan-

41

non et j'ai demandé à Mitsuko de poser pour moi.

– Alors que tu ne sais même pas peindre ! Ce doit être un supplice pour le modèle !

– Oui, mais on m'a priée de le corriger pour préserver l'honneur du modèle.

– Toi, quoi que tu fasses pour la représenter, tu te mets dans un beau pétrin. Elle est beaucoup plus belle en réalité, tu ne trouves pas ?

Pendant que nous bavardions, Mitsuko se contentait de pouffer timidement. Elle s'est retirée au bout d'un moment, sans que nous ayons réussi à animer la conversation.

7

J'ai apporté avec moi des lettres que nous nous sommes envoyées à cette époque. Lisez-les. J'en ai encore beaucoup d'autres, mais je n'ai pas pu toutes les prendre et j'en ai sélectionné un petit nombre, celles qui me semblaient le plus intéressantes. Je les ai presque toutes classées par ordre chronologique. Vous n'avez qu'à commencer par celles-ci, ce sont les plus anciennes. J'ai conservé soigneusement les moindres lettres que j'ai reçues de Mitsuko : dans le tas, il y en a quelques-unes que j'ai adressées à Mitsuko, mais que j'ai récupérées – je vous expliquerai dans quelles circonstances.

(*Note de l'auteur* : Les lettres dont la veuve Kakiuchi avait dit qu'elles ne formaient qu'un « petit nombre » étaient enveloppées dans un foulard de crêpe japonais de vingt-cinq centimètres de côté, plein à craquer, au point qu'on avait tout juste réussi à le nouer. Le bout de ses doigts semblait pincer le petit nœud serré pour le défaire et rougissait. Les lettres qu'elle finit par extraire évoquaient des morceaux de papier colorés de pliage, qui dépassaient de tous côtés. Elles étaient en effet contenues dans des enveloppes décorées de gravures sur bois avec des dessins aux couleurs vives et contrastées. Elles étaient d'un format si réduit qu'on pouvait tout juste y glisser une feuille de papier à lettre féminin pliée en quatre : il y avait des portraits de femme en quadrichromie, dans le genre des œuvres de Yumeji Takehisa, des primevères, des tulipes, du muguet et d'autres motifs encore. J'étais quelque peu surpris de cette découverte. En général, les femmes de Tôkyô ne partageaient guère ce goût pour les couleurs criardes. Pour des lettres d'amour, elles auraient utilisé un papier plus discret. Il est évident que si on leur avait montré ces enveloppes, elles se seraient récriées : « Quel mauvais goût ! » sur un ton de mépris radical. Et un homme, à condition qu'il fût de Tôkyô, s'il avait reçu de sa petite amie une lettre dans une pareille enveloppe se serait détaché d'elle sur-le-champ. En tout cas, le goût pour tout ce qui est voyant et tapageur est typique des femmes d'Osaka. Ce caractère était encore accentué, quand on pense qu'il s'agissait de la correspondance de deux femmes éprises l'une de l'autre. Je vais en citer quelques extraits, utiles pour comprendre ce qui sous-tend cette histoire, et je décrirai, à l'occasion, la décoration de chaque enveloppe. J'ai, en effet, l'impression que parfois les ornementations présentent un plus grand intérêt pour caractériser l'arrière-plan de leur amour.)

(6 mai, de Sonoko Kakiuchi à Mitsuko. L'enveloppe a douze centimètres de long sur sept de large, avec pour décoration des cerises et des petits cœurs sur fond rose. Les cerises sont au nombre de cinq, toutes rouges, avec des tiges noires. Les

petits cœurs sont au nombre de dix, liés deux par deux. Ceux d'en haut mauves, ceux d'en bas dorés. L'enveloppe est dentelée et dorée sur les bords. Des feuilles de lierre vert tendre sont imprimées sur le papier, avec des lignes d'argent en pointillé. C'était écrit au porte-plume, mais l'exactitude des caractères abrégés prouvait que la dame avait suivi de nombreuses leçons de calligraphie et que probablement elle avait, à l'école, excellé dans cette matière. On aurait dit le style d'Ono Gadô, mais soudain ramolli, coulant pour ses admirateurs, amorphe pour ses dépréciateurs ; et cela convenait parfaitement aux décorateurs de l'enveloppe.)

« Chère Mitsu,

Tout doucement, il tombe ce soir une bruine de printemps. J'écoute le bruit des gouttes qui perlent sur les fleurs de pawlonia, immobile à mon bureau qu'éclaire la lampe à l'abat-jour rouge que tu as travaillé au crochet. C'est une nuit mélancolique, je ne sais trop pourquoi, mais si j'écoute en silence les gouttes de pluie qui coulent de la gouttière, je crois entendre un murmure ténu. Tout doucement... que murmurent-elles ? Tout doucement... Ah oui ! Mitsuko Mitsuko Mitsuko... Toku Toku Toku... mitsu mitsu mitsu.... J'ai pris ma plume inconsciemment et j'ai écrit sans cesse les lettres composant Tokumitsu et Mitsuko, du pouce au petit doigt dans l'ordre.

Je t'en prie, pardonne-moi si je t'écris ces fadaises.

Trouves-tu surprenant que je t'envoie une lettre quand je peux te voir tous les jours ? Mais en classe, je n'ose pas t'approcher, une étrange timidité me retient. Dire que quand rien encore ne s'était passé, nous nous affichions volontairement toujours ensemble, alors que maintenant que les faux bruits se sont vérifiés, nous avons peur du regard des autres : est-ce que je serais devenue timorée ? Ah, j'aimerais tant être forte, plus, encore plus... forte au point de ne craindre ni les dieux, ni Bouddha, ni mes parents, ni mon mari... Demain après-midi, est-ce que tu as une leçon de cérémonie du thé ? Est-ce que tu ne voudrais pas venir à trois heures chez moi ? Demain, tu me feras signe comme l'autre fois, si oui ou non. Viens vraiment, vraiment, vraiment ! Maintenant même la pivoine, blanche, qui perd ses pétales dans son vase de lapis-lazuli sur la table, aspire à ton retour avec un léger soupir, tout comme moi. Si tu la déçois, cette charmante fleur pleurera. Même la glace de l'armoire clame qu'elle veut refléter ton image. Alors, c'est sûr ? Demain, à midi, à l'heure de la récréation, je t'attendrai comme d'habitude, sous le platane du terrain de sport. N'oublie pas notre signal.

Sono »

(11 mars, de Mitsuko à Sonoko. Enveloppe de treize centimètres de large sur sept de haut. Sur un fond vieux rose, au milieu, un carré de damier de quatre centimètres de côté avec des trèfles à quatre feuilles parsemés et en bas, deux cartes à jouer superposées : l'as de cœur et le six de pique. Le carré de damier et les trèfles d'argent, le cœur rouge et le pique noir ; le papier à lettre marron foncé, avec des phrases écrites en biais à partir du coin droit en bas, en blanc, à la plume ; l'écriture est plus gauche que celle de Sonoko, avec des traits

plus irréguliers et hâtifs, mais des caractères plus grands et moins prétentieux, qui donnent une impression de plus grande vie.)

« Chère grande sœur,

aujourd'hui, Mitsu a été d'une humeur exécrable toute la journée. Elle a arraché les fleurs du *tokonoma*, elle a rabroué l'innocente Umé (c'est le nom de ma bonne). Le dimanche, Mitsu est toujours de mauvaise humeur, parce qu'elle ne peut pas rejoindre sa grande sœur ! Pourquoi l'en empêche-t-on puisqu'il y a Mister Husband ? J'ai pensé que je pouvais toujours te téléphoner, j'ai essayé tout à l'heure, mais il n'y avait personne. Tu es allée à Naruo, à la cueillette des fraises, avec Mister Husband.

Vous, vous prenez du bon temps,
C'est cruel, c'est cruel !
C'est trop, c'est trop !
Mitsu pleure seule dans son coin.
Ah ! Ah ! Ah !
J'enrage, je ne te dis plus rien !
Ta sœur Claire[1].
A ma chère sœur, mademoiselle Jardin[1]. »

(Dans cette citation, « ta sœur », en français signifie « your sister ». « Claire » doit signifier Mitsuko, à cause de l'idée de lumière contenue dans *mitsu*. « Ma chère sœur » veut dire « my dear sister », « mademoiselle Jardin », c'est « Miss Garden », c'est-à-dire mademoiselle Sonoko. La raison pour laquelle elle écrit « mademoiselle Jardin » et

1. En français dans le texte. *(N.d.T.)*

47

non pas « madame Jardin » est expliquée dans le post-scriptum suivant.)

« Je ne te dis pas madame.

Madame. – Quelle horreur ! C'est dégoûtant !

Mais ce serait affreux, si Mister Husband venait à l'apprendre.

Be careful !

Pourquoi signes-tu tes lettres Sonoko, et ne te contentes-tu pas de "ta grande sœur" ? »

(18 mai. De Sonoko à Mitsuko. Enveloppe de douze centimètres sur sept. Le dessin est à l'horizontale. Fond pourpre pailleté d'argent, comme des motifs en relief. En bas, trois grands pétales de fleurs de cerisier sur lesquels se dessine le buste d'une danseuse, de dos. L'enveloppe est imprimée avec cinq passages de couleurs très intenses pourpre, violette, noire, argentée, bleue. Sur ces figures, l'adresse serait difficile à lire et elle a donc été prise au verso. Le papier à lettre de vingt et un centimètres sur treize est orné d'un lys à la tige recourbée, de vingt-quatre centimètres de long, qui s'incline vers la gauche, dans un halo estompé de rose. C'est pourquoi il n'y a que le tiers qui soit quadrillé. Une écriture fine et serrée la recouvre, encore plus petite que le corps 4 d'imprimerie.)

« Finalement, il est arrivé, l'événement auquel je m'étais résignée... Ça a fini par éclater.

Hier soir, c'était abominable. Si seulement tu y avais assisté, je me demande quelle aurait été ta stupeur. Nous, mari et femme – ah, pardonne-moi cette expression –, Mister Husband et moi, nous nous somme disputés, comme cela ne s'était pas produit depuis longtemps. Pas depuis longtemps :

c'était la première fois depuis notre mariage. Même autrefois, quand nous avions un litige, nous ne nous querellions pas avec autant de violence qu'hier soir. Qui aurait jamais imaginé qu'un homme aussi gentil, aussi doux, pût se mettre dans une telle colère ? Mais peut-être était-ce inévitable, car à bien y réfléchir, j'avais dit des choses abominables. Je me demande bien pourquoi avec lui je deviens aussi têtue. Hier, j'étais vraiment dure, je ne sais pas pour quelle raison... Cette fois-ci, cependant, je n'avais pas la moindre envie de m'excuser. Lui aussi, il a dit des choses très violentes : il m'a traitée de fille des rues, de vampire, de droguée de littérature – il m'a lancé toute sorte d'injures et, comme si cela ne suffisait pas, il a appelé ma chère Mitsu "l'intruse dans la chambre conjugale", "la destructrice des foyers". J'aurais pu le supporter s'il s'était contenté de m'insulter, mais il m'a semblé intolérable qu'il t'accuse, toi aussi. "Si je suis une mauvaise fille, pourquoi as-tu voulu m'épouser ? Tu m'as donc épousée sans que je te plaise, simplement pour que mes parents te paient des études ? Tu as toujours su que j'étais capricieuse. Tu es un lâche, un poltron !" Je me suis ainsi défoulée. Alors, il a saisi le cendrier et il l'a brandi en l'air ; je pensais que j'allais passer un mauvais quart d'heure, mais il l'a brisé contre un mur et sans lever la main sur moi, il s'est enfermé dans un silence obstiné, le visage blême. "Allons, tu n'as qu'à me battre. Je suis résignée", lui ai-je dit. Mais il continuait à se taire. Depuis lors, je ne lui ai plus adressé un mot, jusqu'à aujourd'hui. »

J'aimerais, Monsieur, vous apprendre d'autres

détails concernant la dispute dont il est question dans cette lettre. Je ne sais plus si je vous l'ai déjà dit, mais mon mari et moi, nous avons des caractères extrêmement différents ; on doit même être physiologiquement opposés, parce que, depuis notre mariage, nous n'avons jamais eu une vie conjugale vraiment satisfaisante. Si on en croit mon mari, c'est ma faute, parce que je suis égoïste. « Il n'est pas vrai, répétait-il, que nous ne puissions pas connaître une certaine harmonie. C'est toi qui ne le veux pas. Moi, je fais des efforts pour m'adapter, mais toi, malheureusement, ty y mets de la mauvaise volonté. Il n'y a pas de couple idéal. Même ceux qui paraissent heureux à un regard étranger. Si on les connaissait dans l'intimité, il n'y aurait aucun couple sans problèmes. Peut-être les autres nous envient-ils et par rapport à la moyenne, paraissons-nous heureux. Tu n'es qu'une gamine qui ne connaît rien au monde et tu te permets le luxe de dire que tu n'as pas trouvé le bonheur. Les femmes de ton espèce ne sont jamais contentes, même avec le meilleur des maris. »

C'est le genre de discours qu'il me tenait constamment, et je lui rétorquais que je n'aimais pas du tout sa façon de prétendre qu'il avait tout compris et qu'il était blasé.

– J'ai vraiment l'impression à t'entendre, disais-je, que tu n'as pas traversé un seul instant d'angoisse et que tu n'as rien d'un être humain !

Mon mari essayait, sans doute, de s'adapter à mon caractère, mais nos états d'esprit étaient trop éloignés : il me traitait comme une petite fille qu'on calme avec des risettes, ce qui avait don de m'exaspérer. J'allais même jusqu'à lui dire :

– Il paraît qu'en fac, tu passais pour brillant, alors ça t'autorise à me prendre pour débile. Moi, je trouve que tu ressembles à un fossile !

Je me demande s'il a jamais éprouvé la moindre passion. Je me demande même s'il est capable de pleurer, de se mettre en colère, de s'étonner. Non seulement, je sentais dans sa sérénité une tristesse désespérée, mais j'avais fini par éprouver une espèce de curiosité malsaine à son égard ; c'était là la cause de cet autre problème que vous savez et de tout ce qui devait suivre.

8

Avant, à l'époque de cet incident, j'étais mariée depuis peu de temps, et j'avais gardé encore l'innocence de l'enfance, j'étais plus naïve et plus timide qu'à présent, et j'avais éprouvé un fort remords à son égard ; mais cette fois-ci, comme je l'ai déjà signalé dans ma lettre, je ne ressentais rien de semblable. A vrai dire, j'avais vraiment souffert à l'insu de mon mari et j'avais beaucoup perdu de mon ingénuité ; j'avais commencé à agir par ruse. Mon mari ne s'en était pas aperçu et il continuait à me considérer comme une enfant. Au début, cela m'agaçait au plus haut point, mais si je le manifestais, il s'en moquait complètement. J'ai fini par me dire : puisqu'il me prend pour une gosse, il n'a qu'à rester dans l'erreur et il ne me soupçonnera de rien. Je jouais les petites filles : quand j'étais dans une position de faiblesse, je faisais un caprice comme un enfant gâté, tout en pensant en moi-même : « Alors, ça te plaît de croire que je suis une petite fille ? Est-ce que ce n'est pas toi, plutôt, qui es un petit monsieur crédule ? C'est un jeu d'enfant de berner quelqu'un comme toi. » Je me moquais de lui et à force, ça finissait par m'amuser. Il lui suffisait d'un mot pour me faire pleurnicher ou me mettre en colère. J'étais devenue une si bonne comédienne que je m'en étonnais moi-même... Vous savez, bien sûr, Monsieur, que la psychologie humaine est soumise aux influences extérieures. Tout d'abord, il m'arrivait de me ressaisir et de me dire avec remords : « Oh ! je n'aurais pas dû me conduire ainsi. » Par la suite, au contraire, je m'insurgeais : « Quoi donc ? Tu manques d'aplomb ? Comment t'effrayer d'aussi peu ? » Je me moquais moi-même de ma pusillanimité... Et puis, aimer un homme en cachette de mon mari aurait été mal, mais quelle importance qu'une femme s'éprenne d'une autre femme ? Un mari n'a pas le droit de critiquer l'intimité qui se développe entre deux femmes. C'est avec ce type d'arguments que je me berçais d'illusions. En réalité, mon amour pour Mitsuko était dix, vingt... cent, deux cents fois plus fort que celui que j'avais éprouvé pour cet autre homme... Une autre raison de mon audace, c'était que mon mari, alors qu'il était encore étudiant, s'était toujours montré, inutile de le préciser, très carré et très à cheval sur les principes, au point de séduire mon père lui-même : c'était vraiment quelqu'un de conditionné par le sens commun, d'incapable de comprendre tout ce qui se démarquait le moins du monde de la norme, tout ce qui était différent : je ne m'étais donc absolument pas inquiétée de lui, car je supposais qu'il ne se rendrait même pas compte de ma relation avec Mitsuko et qu'il la prendrait pour une simple amitié. Au début, il n'imaginait rien de tel, mais il s'est mis, peu à peu, à trouver la situation tout de même étrange. Quoi de plus naturel, vu qu'autrefois, en revenant de l'école, je passais à son bureau, alors que depuis quelque temps, je rentrais toute seule avant lui ? Et une fois tous les trois jours, immanquablement Mitsuko venait à la maison et nous restions longuement enfermées toutes les deux dans la chambre. Je lui avais dit qu'elle me servait de modèle et il était logique que, comme après tout ce temps le tableau n'était pas achevé, il commençât à avoir quelques soupçons.

– Ma petite Mitsu, nous devons être prudentes, parce qu'il commence à se douter plus ou moins de ce qui se passe. Aujourd'hui, c'est moi qui viendrai chez toi.

C'est ce que je lui ai déclaré un jour et je me suis mise à lui rendre visite, chez elle. Oui, chez elle, on savait que les bruits qui couraient sur nous n'étaient dus qu'aux médisances du conseiller municipal, et sa mère ne nourrissait aucun soupçon sur mon compte. Je ne voulais pas perdre sa confiance et chaque fois que j'allais chez elle, j'essayais de gagner sa sympathie. Elle disait sans cesse « madame Kakiuchi » quand elle parlait de moi et elle répétait à Mitsuko :

– Quelle chance tu as, d'avoir trouvé une aussi excellente amie !

C'est pourquoi il n'y avait aucun problème si j'allais chez elle tous les jours ou si je lui téléphonais à tout bout de champ... Mais, en plus de sa mère, comme elle l'écrit dans sa lettre, il y avait sa bonne Umé, et bien des yeux indiscrets qui m'empêchaient d'agir avec la liberté de mouvements que j'aurais eue chez moi.

– On ne peut pas continuer comme ça chez moi,

disait Mitsuko. Maintenant que tu as gagné la confiance de ma mère, grande sœur, nous nous mettrions nous-mêmes dans l'embarras si nous nous conduisions inconsidérément. Au fait, si nous allions aux nouveaux bains de Takarazuka ? a-t-elle proposé.

Nous nous y sommes rendues. Comme nous entrions dans une petite baignoire familiale, elle m'a dit :

– Comme tu es retorse, grande sœur ! Tu insistes tant pour voir ma nudité, mais tu ne dévoiles pas du tout la tienne.

– Ce n'est pas que je sois retorse, c'est simplement que j'ai honte, parce que ton teint est beaucoup plus clair. Je t'en prie, ne sois pas dégoûtée de me voir une peau aussi brune.

Et la première fois où je lui ai découvert ma peau nue, cela me déplaisait vraiment d'être à côté d'elle. Non seulement Mitsuko avait une carnation exceptionnellement claire, mais son corps était parfaitement proportionné et élancé ; à côté, le mien me paraissait soudain très mal conformé.

– Mais toi aussi, tu es belle, grande sœur, tu n'es en rien différente de moi.

A force d'entendre ces protestations, je m'étais laissé convaincre et je n'éprouvais plus la moindre gêne... Mais la première fois, la honte me mortifiait.

Le dimanche d'avant, comme Mitsuko l'a écrit dans sa lettre, j'étais allée cueillir des fraises avec mon mari. Ce jour-là, j'aurais préféré me rendre à Takarazuka, mais mon mari m'avait proposé :

– Aujourd'hui, il fait beau. Que dirais-tu d'une balade à Naruo ?

Et comme j'avais envie de gagner ses bonnes grâces, j'avais accepté à contrecœur de sortir avec lui, mais mon cœur était auprès de Mitsuko, et je ne m'amusais pas du tout. Plus elle me manquait, plus la conversation de mon mari m'ennuyait et m'exaspérait : je négligeais même de lui répondre et je suis restée toute la journée d'une humeur exécrable. Déjà à ce moment-là, mon mari avait dû décider de me donner une bonne leçon. Mais il faisait la tête comme toujours, il ne laissait pas transparaître les tourments qui l'agitaient et j'étais à mille lieues d'imaginer que je l'avais mis dans une telle rogne. Le soir, quand nous sommes revenus à la maison, j'ai appris qu'on avait téléphoné, ce qui m'a énervée au possible ; et je me suis défoulée sur mon mari et sur la bonne. Le lendemain matin, j'ai reçu de Mitsuko cette lettre, pleine de rancœur. Alors, je lui ai immédiatement téléphoné pour lui donner rendez-vous et nous nous sommes retrouvées à Umeda, et, sans passer par l'école, nous sommes allées directement à Takarazuka. A partir de là, tous les jours de la semaine, sans exception, nous y sommes retournées. Du reste, c'est de cette période que date cette photo-souvenir, prise le jour où nous avons revêtu deux kimonos identiques que nous venions de nous faire faire... Cinq ou six jours s'étaient écoulés, je crois, depuis la cueillette des fraises et nous bavardions comme d'habitude à l'étage du haut, quand, vers trois heures, la bonne est montée précipitamment pour annoncer :

– Monsieur est rentré !

– Hein ? A cette heure-ci ? me suis-je exclamée, ahurie. Dépêche-toi, Mitsuko.

Et nous sommes descendues ensemble au rez-de-chaussée, le visage décomposé. Mon mari s'était changé : il avait remplacé son costume de ville par un kimono de serge d'une seule pièce. Au moment où nos regards se sont croisés, il n'a pu réprimer une grimace, mais il s'est aussitôt ressaisi.

– Aujourd'hui, a-t-il expliqué, je n'avais pas grand-chose à faire au bureau et je suis rentré plus tôt. Mais je vois que vous avez séché vos cours, vous aussi, non ? Au fait, a-t-il ajouté, puisque nous avons une invitée, pourquoi ne nous offrirais-tu pas le thé et quelques biscuits ?

Cette fois-ci, nous avons parlé de choses et d'autres et rien de particulier ne s'est produit jusqu'à ce que Mitsuko m'appelât par inadvertance « grande sœur », ce qui m'a fait tressaillir. Ce n'était pourtant pas faute de l'avoir mise en garde :

– Il vaut mieux que tu m'appelles Sono, plutôt que « grande sœur », sinon ça va devenir une habitude et cela t'échappera devant tout le monde.

Mais elle s'estimait blessée et répliquait :

– Non, il n'en est pas question, il n'en est pas question ! Pourquoi es-tu aussi distante ? Pourquoi, grande sœur, est-ce que cela te déplaît que je t'appelle « grande sœur » ? Je t'en prie, laisse-moi t'appeler « grande sœur ». Je te promets de faire attention, très attention devant les autres.

Et en fait, ça a fini par lui échapper. Et après son départ, un silence gêné s'est installé entre mon mari et moi. Le lendemain soir, après le dîner, il m'a dit, comme si l'idée lui avait traversé l'esprit :

– Je ne sais pas si je me trompe, mais j'ai

57

l'impression que quelque chose t'est arrivé. Je ne comprends pas bien ta conduite depuis quelque temps.

– Qu'est-ce que tu veux dire par là ? Rien ne m'a frappée, moi, ai-je répondu.

– Je constate que tu es en excellents termes avec cette Mitsuko. Quelle idée as-tu derrière la tête ?

– J'aime beaucoup Mitsuko et c'est la seule raison pour laquelle nous sommes de bonnes amies.

– Je vois bien que tu l'aimes, mais dans quel sens ?

– Aimer, c'est une simple question de sentiments, il n'y a aucune raison particulière à donner, ai-je rétorqué pour le provoquer délibérément et afin de ne pas me montrer faible.

– Est-ce qu'il ne serait pas préférable, a-t-il insisté, de m'en parler calmement pour me permettre de comprendre, au lieu de t'exciter comme tu le fais toujours ? On peut aimer quelqu'un pour différentes raisons. – Comme il y a eu cette rumeur à l'école. – Je te dis cela parce que je pense qu'il ne serait pas bon de susciter de nouveaux malentendus. Si jamais la chose se sait, c'est toi que l'on tiendra pour responsable et non pas elle. Tu es la plus âgée et tu es mariée... Tu n'aurais aucune excuse aux yeux de ses parents. Et tu ne seras pas la seule : on m'accusera de m'être tu et de ne pas avoir levé le petit doigt, et je n'aurai plus voix au chapitre.

Ces remarques m'ont piquée au vif, mais je me suis acharnée :

– J'ai très bien compris, ça suffit. Je ne supporte pas que tu te mêles de mes amitiés. Tu n'as qu'à choisir les amis que tu veux et me laisser libre d'agir comme bon me semble. Je sais très bien quelles responsabilités je dois prendre.

– Remarque, s'il s'agissait d'une amitié au sens courant, je n'interviendrais absolument pas. Mais une relation pour laquelle tu sacrifies tes cours, tous les jours, tu agis en cachette de ton mari et tu t'enfermes sans témoin dans une chambre, on ne peut pas appeler ça une relation saine.

– Mais enfin, qu'est-ce que c'est que ces sornettes ? C'est bien au contraire toi qui as des fantasmes ridicules et qui es d'une insupportable vulgarité !

– Si c'est moi qui suis vulgaire, je te présenterai toutes mes excuses. Je souhaite de tout mon cœur que ce ne soit que le fruit de mon imagination. Mais avant de me taxer de vulgarité, ne vaudrait-il pas mieux que tu interroges ta conscience ? Es-tu bien sûre de n'avoir rien à te reprocher ?

– Pourquoi te mets-tu aujourd'hui à me dire des choses pareilles ? Tu sais parfaitement que je suis devenue l'amie de Mitsuko parce que j'aime son visage. N'est-ce pas toi-même qui m'as dit que puisqu'elle était aussi belle, tu voulais la rencontrer ? Tout le monde aime les gens qui sont beaux, rien de plus naturel. Entre femmes, c'est exactement comme si on appréciait une œuvre d'art : dire que ce n'est pas sain, cela laisse entendre que tu es toi-même beaucoup, beaucoup plus malsain.

– S'il ne s'agit que d'apprécier une œuvre d'art, tu pourrais très bien le faire en ma présence. Quel besoin avez-vous de vous enfermer toutes les deux seules ? Pourquoi donc quand je rentre à la maison, est-ce que vous avez l'air si bizarre et si gêné ? Et d'abord pourquoi est-ce que vous vous appelez

« grande sœur » et « petite sœur » alors que vous n'êtes pas sœurs ? Je ne supporte pas ça !

– Quelle idiotie ! Tu ne connais rien au milieu des étudiantes. Entre amies intimes, elles s'appellent « grande sœur » ou « petite sœur » : cela n'a rien de rare. Il n'y a que toi pour t'inquiéter d'une pareille chose !

Mais ce soir-là, mon mari n'avait nullement l'intention de s'avouer vaincu. D'ordinaire, il me suffisait de me montrer un peu têtue, pour qu'il me répondît :

– Tu es incorrigible !

Et il finissait par se résigner. Alors que, cette fois-ci, il m'a persécutée avec acharnement :

– Il est inutile de me mentir. J'ai interrogé Kiyo.

Et il a ajouté qu'il savait que j'avais cessé de peindre et il m'a sommée de lui expliquer clairement ce que je faisais.

– Mais comment veux-tu que je te l'explique ? Je n'utilise pas un modèle à la manière d'un peintre professionnel. C'est, pour ainsi dire, un passe-temps ; je ne peux pas toujours m'investir avec un sérieux absolu et une ponctualité rigoureuse.

– Dans ces conditions, pourquoi est-ce que tu ne restes pas au rez-de-chaussée, au lieu d'aller toujours t'enfermer là-haut ?

– Quel mal y a-t-il ? Tu n'as qu'à aller dans l'atelier d'un peintre. Les peintres professionnels eux non plus ne travaillent pas constamment avec gravité. – C'est en se détendant qu'ils trouvent l'inspiration, autrement ils ne réussissent rien de bon.

– Pour parler, tu parles, mais quand est-ce que le tableau sera terminé ?

– C'est une question que je ne me pose pas. Mitsuko n'a pas seulement un joli visage, mais aussi un corps stupéfiant, qui appelle l'étreinte. Quand je la contemple dans la pose de Kannon, je peux l'admirer pendant des heures sans me lasser, même si je ne la peins pas.

– Et elle supporte d'être regardée par toi toute nue, pendant tout ce temps ?

– Bien sûr, une femme n'a pas honte de se montrer à une autre femme. N'importe qui serait flatté qu'on admire son teint, tu ne crois pas ?

– Mais enfin, c'est insensé, qu'une jeune fille reste toute nue en plein jour, même devant une autre femme !

– Nous ne sommes pas esclaves des conventions comme toi. Tu n'as jamais trouvé belle la nudité d'une actrice de cinéma ? Tu n'as jamais éprouvé pour elle une vive admiration ? Dans de tels moments, je suis envoûtée, comme devant un paysage grandiose, et je ne sais pas pourquoi j'éprouve même un réel bonheur et une joie de vivre. Je finis par verser des larmes. Mais il est si vain de vouloir l'expliquer à quelqu'un qui n'a aucune notion de ce que peut être la « beauté ».

– Je ne vois pas le rapport avec la notion de beauté. C'est plutôt une perversion sexuelle !

– Comme tu es vieux jeu !

– Ne dis pas de bêtises ! Tu passes ton temps à lire des romans à quatre sous : tu es intoxiquée de littérature !

– Tu es vraiment insupportable !

Là-dessus, j'ai détourné la tête en le laissant monologuer.

– Cette Mitsuko ne me dit rien qui vaille. Si elle

avait le moindre bon sens, elle ne s'immiscerait pas dans un foyer pour en détruire l'harmonie. Elle a, de toute évidence, un caractère vicié. Si tu continues à la fréquenter, tu finiras par t'en repentir.

Tant qu'il parlait simplement de moi, je pouvais le supporter, mais dès que je l'ai entendu insulter Mitsuko, j'ai été saisie d'une telle fureur que je me suis écriée :

– Que racontes-tu ? De quel droit critiques-tu une personne que j'adore ? Dans le monde entier, il n'y a pas un seul être dont le caractère soit autant en accord avec son apparence. Une personne à l'âme aussi pure n'est pas un être humain, c'est la déesse Kannon elle-même ! Tu la profanes en l'insultant. Tu seras puni !

– Mais enfin, tu ne t'en rends pas compte ? Ce n'est pas normal de dire des choses pareilles. C'est le discours d'une folle !

– Et toi, tu es un fossile humain !

– Sans que je m'en aperçoive, tu es devenue une véritable dépravée.

– D'accord, je suis une dépravée. Et puisque tu le savais dès le départ, pourquoi m'as-tu épousée ? Tu m'as prise pour femme, parce que tu voulais que mon père te paie un voyage en Europe. C'est évident. C'est ce qui s'est passé !

Tout patient qu'il était, mon mari a perdu son sang-froid, les veines de son front ont enflé, et, chose inhabituelle, il s'est mis à hurler :

– Quoi ? Répète ce que tu viens de dire !

– Je te le répéterai autant que tu voudras ! Tu n'es pas digne d'être un homme. Tu t'es marié avec moi pour l'argent ! Lâche !

Je ne l'avais pas plus tôt vu changer de position qu'un objet blanc a traversé l'air avec un sifflement et s'est brisé contre le mur derrière moi avec fracas. J'avais instinctivement baissé la tête et je n'ai rien eu : il avait lancé vers moi le cendrier. Jusque-là, jamais mon mari n'avait levé la main sur moi ; de fureur, je sentais le sang me monter à la tête.

– Tu me détestes donc à ce point ? Je t'avertis : si tu m'égratignes seulement, je le dirai à mon père. Et maintenant que te voilà prévenu, frappe autant que tu veux, tue-moi ! Allez, tue-moi ! Je t'ai dit de me tuer !

– Idiote ! s'est-il contenté de me dire.

Et il est resté hébété devant moi, tandis que je sanglotais dans un demi-délire.

Nous ne nous sommes plus adressé la parole. Le lendemain, nous nous sommes lancé des regards chargés de haine et le soir, quand nous nous sommes couchés, nous continuions à nous taire. Vers minuit, mon mari s'est tourné vers moi, il m'a posé une main sur l'épaule et il a essayé de me tourner vers lui. Je l'ai laissé faire en feignant de dormir.

– Hier soir, a-t-il reconnu, j'ai un peu exagéré, moi aussi. Mais il faut que tu saches que c'est parce que je t'aime tellement. Je parais froid, parce que je suis peu expansif, mais je pense que mon cœur n'est pas indifférent. Si je me fourvoie, j'essaierai de m'amender. Est-ce que tu ne pourrais respecter davantage ma volonté ? Je n'entends pas me mêler de ce qui ne me regarde pas, mais ne fréquente plus cette Mitsuko. Fais-moi au moins cette promesse.

– Non, ai-je répondu, les yeux fermés, en secouant violemment la tête.

– Si cela t'est impossible, je supporterai que tu continues à la voir, mais au moins, ne l'amène plus dans cette chambre, et ne l'accompagne plus nulle part. Je désire que tu sortes d'ici et que tu rentres ici toujours en ma compagnie.

– Il n'en est pas question, ai-je rétorqué en secouant encore la tête. Il n'est pas question qu'on m'empêche de faire ce que je veux, je désire être complètement libre.

Et là-dessus, je lui ai tourné le dos.

9

Maintenant que la situation avait explosé, je ne craignais plus rien.

« Quoi qu'il arrive, je m'en moque », ai-je pensé.

Et par réaction, Mitsuko me manquait encore plus que d'habitude. Le lendemain, je me suis précipitée à l'école, mais curieusement, elle ne s'y trouvait pas. En lui téléphonant, j'ai appris qu'elle était chez un parent à Kyôto. J'avais encore plus envie de la revoir et toute bouleversée par la querelle de la veille, je lui ai envoyé une lettre désespérée. Mais une fois que je l'ai expédiée, je me suis demandé ce qu'elle allait penser de tout ce que je lui écrivais. Je craignais qu'elle ne me proposât :

– Je renonce, parce que cela m'ennuie de savoir ton mari dans cet état, grande sœur.

Mes inquiétudes m'ont soudain reprise. Mais le lendemain, en l'attendant à l'ombre du platane du terrain de sport, je l'ai vue qui accourait vers moi en m'appelant, sans se soucier des autres :

– Grande sœur ! J'ai eu ton mot ce matin et j'étais tellement tellement inquiète, il me tardait tant de te revoir !

Elle m'a saisie par les épaules et elle m'a longuement dévisagée, les yeux pleins de larmes.

– Ah ! Mitsu, toi aussi, ce qu'a dit mon mari t'a humiliée !

Et j'ai versé des larmes à mon tour, en parlant.

– Tu n'es pas fâchée ? Si c'est ça, pardonne-moi. Je n'aurais jamais dû t'écrire cette lettre.

– Mais non, je ne dis pas du tout cela. Peu importe ce qu'on raconte à mon sujet. C'est plutôt toi, est-ce que tu n'en as pas eu marre de moi en entendant Mister Husband ? Est-ce que tu n'en as pas marre ? Vraiment, grande sœur ?

– Ne sois pas ridicule. Sinon, je ne t'aurais jamais écrit une lettre pareille et je ne t'aurais pas téléphoné. A présent, quoi qu'il se passe, je ne t'abandonnerai pas. Et s'il continue à râler, c'est moi qui le ficherai à la porte.

– C'est ce que tu dis maintenant, grande sœur, mais je me demande si tu ne te lasseras pas de moi et si tu ne lui reviendras pas, à Mister Husband. Partout les couples sont pareils.

– Moi, je ne m'estime pas mariée avec ce type, je suis encore « Mademoiselle ». Si tu es d'accord, Mitsu, en cas de besoin, nous nous enfuirons n'importe où.

– Tu es sincère, grande sœur ? Vraiment, ce n'est pas un mensonge ?

– Evidemment que non. Ce n'est pas un mensonge ! J'ai pris ma décision.

– Moi aussi, j'ai pris ma décision. Grande sœur, si je te demandais de mourir avec moi, tu accepterais ?

– Je mourrais, je mourrais. Et toi, Mitsu, tu voudrais mourir avec moi ?

C'est ainsi que grâce à cette dispute avec mon mari, ma relation avec Mitsuko s'approfondit davantage. Comme mon mari avait baissé les bras, nous abusions de sa faiblesse.

– Mon mari s'est résigné, il est désormais inutile de prendre des gants.

Mitsuko avait de plus en plus de toupet. Si jamais mon mari rentrait quand nous étions au premier étage, elle disait :

– Grande sœur, je ne veux pas que tu descendes au rez-de-chaussée.

Non seulement, elle ne faisait aucun mouvement, mais elle m'empêchait de le rejoindre. Il nous arrivait de nous amuser jusqu'à dix ou onze heures du soir.

– Grande sœur, tu peux téléphoner chez moi ? me demandait-elle.

Et j'appelais sa mère au téléphone, pour la prévenir.

– Ce soir, Mitsuko dînera chez nous et elle sera de retour à telle heure.

A l'heure dite, Umé, sa bonne, venait la prendre en taxi. Parfois, nous dînions toutes les deux au premier étage et, si mon mari ne savait que faire tout seul, je lui disais :

– Tu ne veux pas te joindre à nous ?

Il répondait :

– Pourquoi pas ?

Voilà comment il n'était pas rare que nous mangions tous les trois ensemble. Mitsuko m'appelait alors sans la moindre gêne « grande sœur, grande sœur ». Si jamais l'envie la prenait de me parler au beau milieu de la nuit, elle n'hésitait pas à me téléphoner :

– Qu'est-ce qui se passe ? Quelle heure est-il ? Tu es encore réveillée ?

– Grande sœur, tu étais couchée ?

– Eh bien, il est deux heures passées !... J'ai sommeil, moi ! J'étais profondément endormie...

– Excuse-moi. Je viens te troubler dans l'intimité...

– C'est pour me dire ça que tu m'appelles ?

– Evidemment, quand on a un Mister Husband, la vie est belle, mais moi qui suis toute seule, je suis triste à mourir. Je ne peux pas fermer l'œil.

– Tu es vraiment incorrigible !... Allons, ne fais pas de caprices et endors-toi vite. Demain, on s'amusera bien ensemble.

– Demain matin, dès que je me lèverai, je viendrai tout de suite chez toi. Si jamais Mister Husband a du mal à se réveiller, tu le sortiras du lit de force.

– D'accord, d'accord.

– C'est promis ?

– Oui, oui. C'est entendu.

Notre conversation téléphonique continua sur ce ton pendant vingt ou trente minutes. Nous ne craignions plus désormais d'échanger ouvertement des mots et des lettres que jusque-là nous gardions secrets et j'abandonnais sur la table les enveloppes de Mitsuko que je venais d'ouvrir. Il est vrai que mon mari n'était pas du genre à lire en cachette le courrier des autres et je n'avais aucun souci à me faire. Au début, cependant, dès que j'avais lu une lettre, je la cachais précipitamment dans un tiroir de mon secrétaire que je verrouillais...

Je me doutais bien qu'un jour ou l'autre, un orage encore plus violent éclaterait entre mon mari et moi, mais pour le moment, nous nous sentions plus à notre aise qu'auparavant. J'étais de plus en plus obnubilée par elle et j'étais esclave de la passion. C'est alors que s'est produit un événement qui m'a prise totalement au dépourvu et que je n'aurais jamais imaginé possible. La chose s'est passée, pour être exact, le 3 juin. Vers midi, Mitsuko est venue me retrouver et après nous être amusées, nous nous sommes séparées vers cinq heures de l'après-midi. Nous avons fini notre dîner, mon mari et moi, vers huit heures et, une heure plus tard, vers neuf heures, la bonne est venue m'annoncer :

– On vous demande au téléphone, d'Osaka, Madame.

– D'Osaka ? De la part de qui ?

– La personne ne s'est pas présentée, mais elle a insisté pour vous parler de toute urgence.

– Allô ? Qui est à l'appareil ? ai-je demandé, en prenant le combiné.

– Grande sœur, c'est moi, c'est moi.

Il n'y avait que Mitsuko qui pouvait s'adresser ainsi à moi, mais j'entendais mal et je distinguais à peine une voix faible et j'avais l'impression d'être le jouet d'une mauvaise plaisanterie.

– Qui est à l'appareil ? Dites-moi clairement votre nom. Quel numéro demandez-vous ? ai-je insisté.

– C'est moi, grande sœur, je demande le 1234 à Nishinomiya.

La voix énonçait avec clarté mon numéro de téléphone : c'était sans la moindre ambiguïté Mitsuko.

– ... Ecoute, je suis dans le quartier sud d'Osaka,

69

en ce moment. Il m'est arrivé quelque chose d'affreux... On m'a volé mes vêtements.

– Quoi ? Tes vêtements ?... Mais qu'est-ce que tu faisais ?

– J'étais dans la salle de bains... Je me trouve dans une auberge du quartier sud et il y a une salle de bains...

– Qu'est-ce que tu fabriques là-bas ?

– J'ai certaines raisons... Je voulais t'en parler, mais... Je te raconterai la chose en détail... Je suis dans un pétrin pas possible... Je t'en supplie, il faut que tu m'aides. Tu sais, nos kimonos jumeaux. Il faut que tu apportes le tien d'urgence.

– Alors, comme ça, toi, quand tu m'as laissée, tu es allée te balader à Osaka ?

– Parfaitement.

– Avec qui es-tu ?

– Avec quelqu'un que tu ne connais pas... Il me faut, à tout prix, ce kimono, autrement je ne pourrai jamais rentrer chez moi. Je t'en conjure, au nom du ciel, je te demande de me l'apporter.

Elle avait des sanglots dans la voix. J'étais tellement abasourdie que je sentais mon cœur battre à tout rompre et mes genoux trembler sous moi. Je lui ai demandé où il fallait l'apporter et elle m'a dit que le restaurant s'appelait la *Margelle du puits,* à Kasaya-machi, dans la partie sud du pont de Tanzaemon, mais je n'en connaissais pas l'existence. En plus du kimono, j'avais heureusement tous les accessoires assortis qu'elle m'a demandé évidemment d'apporter, mais le plus curieux, c'est qu'elle réclamait également la bande, les lacets et les socquettes.

– Le faux col aussi ? ai-je demandé.

– Non, ils m'ont laissé les sous-vêtements.

Elle a insisté pour que j'en charge quelqu'un de sûr, dans moins d'une heure : au plus tard, à dix heures. Mais je n'aurais jamais été tranquille en m'adressant à un tiers, et la seule solution, c'était d'y aller moi-même en taxi.

– Ça ne t'ennuie pas que je vienne moi-même ? lui ai-je demandé.

Depuis un moment, je sentais une présence à ses côtés, à l'autre bout du fil, et on devait lui donner telle et telle consigne.

– Au point où on en est, il vaut mieux, en effet, que tu viennes toi-même... Autrement, Umé doit être en train de m'attendre à la gare d'Umeda, en ce moment. Tu pourras lui donner les vêtements. Le problème, c'est qu'elle ne sait pas où je suis : il faut donc que tu lui expliques bien comment s'y rendre. Tu n'as qu'à lui dire de demander Suzuki.

Elle semblait discuter à voix basse et, au bout de quelques instants, elle a ajouté avec gêne :

– Dis-moi, grande sœur... ça m'ennuie vraiment beaucoup de te le demander, mais il y a quelqu'un d'autre qui s'est retrouvé sans vêtements. Si c'était possible, est-ce que tu ne pourrais pas ajouter un kimono ou un costume de Mister Husband ?...

Et elle a poursuivi :

– Et puis, écoute... Excuse-moi si je t'ennuie autant... Si tu pouvais me prêter vingt ou trente yens, ça m'arrangerait bien.

– Il n'y a aucun problème pour l'argent. Tu n'as qu'à m'attendre.

Dès que j'ai eu raccroché, j'ai appelé un taxi et j'ai simplement averti mon mari :

– Il faut que j'aille à Osaka. Je dois aider Mit-suko qui a un petit problème.

71

Je suis remontée au premier et je me suis hâtée de prendre le kimono dans le placard, et un kimono de serge que mon mari mettait pour sortir, ainsi que les accessoires, et j'ai enveloppé le tout dans un foulard que j'ai donné à la bonne pour qu'elle le sorte en cachette.

– Qu'est-ce que tu fabriques à cette heure avec ce paquet ? s'est enquis mon mari qui avait surgi de l'obscurité, au moment où j'allais monter dans le taxi.

Je devais paraître égarée et avoir le visage décomposé : j'étais sortie sans même me peigner ni me changer. Comment n'aurais-je pas éveillé ses soupçons ?

– Je ne comprends rien à ce qui se passe, ai-je répondu. Mais ce soir, brusquement, tu vois, ce kimono...

J'ai extirpé un pan du kimono sous le nœud du foulard, pour le lui montrer.

– ... Elle dit qu'il lui est arrivé quelque chose qui l'oblige à le revêtir et elle me supplie de le lui apporter jusqu'à Osaka. Peut-être joue-t-elle dans une pièce d'amateur. Je ferai attendre le taxi et je reviendrai tout de suite.

Il était déjà tard, neuf heures vingt-cinq. Au début, j'ai pensé me rendre directement à la *Margelle du puits*, puis je me suis dit qu'il valait mieux que je passe à Umeda pour prendre Umé qui saurait m'expliquer la situation. Quand je suis arrivée à la gare, j'ai aperçu, au milieu du parvis, Umé qui guettait. Je lui ai fait un signe par la portière en l'appelant.

– Ah, Madame ! a-t-elle balbutié, ébahie, en s'approchant timidement.

– Tu attends mademoiselle Mitsuko, n'est-ce pas ? Elle m'a téléphoné qu'il lui était arrivé quelque chose d'affreux et elle m'a dit de la rejoindre sur-le-champ. Tu montes ?

– Vraiment..., a-t-elle hésité.

Je lui ai tendu la main et je l'ai attirée de force à l'intérieur. Dans la voiture, j'ai résumé notre conversation téléphonique :

– Qui est cet inconnu qui l'accompagne ? Tu ne le connais pas, Umé ?

Au départ, elle a paru gênée, comme si elle avait cherché ses mots.

– Tu ne peux pas ne pas être au courant. Ça ne date pas d'aujourd'hui, cette histoire, tout de même ! Tu n'as rien à craindre, tu n'auras aucun ennui à cause de moi. Si tu me dis ce que tu sais, je te récompenserai...

J'ai sorti un billet de dix yens que j'ai enveloppé dans un papier. Elle a protesté.

– Non, non, vous me gâtez trop.

Mais j'ai glissé le billet dans sa ceinture, d'autorité.

– Tu nous fais perdre du temps avec tes manières.

– Est-ce que cela ne va pas faire des histoires, si j'accompagne Madame dans un pareil endroit ? Est-ce que Mademoiselle ne va pas me gronder ?

– Pourquoi donc ? C'est elle, au contraire, qui m'a dit que, si je ne voulais pas venir, tu pourrais y aller à ma place.

– Mais est-ce qu'elle vous a raconté tout cela au téléphone ? Je suis vraiment inquiète...

Elle avait l'air de croire que je lui tendais un piège.

– Ne t'en fais pas. De toute façon, comment aurais-je pu tout savoir, si elle ne m'avait pas téléphoné ?

– C'est vrai. Je ne sais pas pourquoi, mais j'étais toujours effrayée de penser que vous ne vous étiez aperçue de rien, Madame...

– Ah bon ? Et depuis combien de temps ça dure ?

– Depuis quand ? Depuis longtemps... Depuis avril, je crois, mais je n'en jurerais pas...

– Et lui, qui est-ce ?

– Ça non plus, je n'en sais rien. Mademoiselle me donnait toujours un pourboire, elle me disait d'aller au cinéma et de l'attendre à Umeda à une certaine heure. Je ne savais même pas où elle allait, je croyais qu'elle vous avait donné rendez-vous. Quand nous rentrions trop tard, elle me disait de raconter que nous venions de chez madame Kakiuchi...

10

– Et ça s'est produit combien de fois jusqu'ici ?

– Combien de fois ? Il est difficile de faire le compte. Une fois elle prétextait une leçon de cérémonie du thé, une autre fois, elle disait qu'elle allait chez madame Kakiuchi : je l'accompagnais de bonne foi et à un certain moment, elle me disait : « Ecoute, j'ai une course à faire... » Elle paraissait très agitée et elle s'éloignait toute seule on ne sait trop où.

– Vraiment ?

– Pourquoi vous mentirais-je ?... Madame, vraiment, vous ne vous êtes rendu compte de rien ? Vous n'avez jamais rien trouvé de bizarre ?

– Oh non, je suis tellement bête, je suis utilisée, instrumentalisée, piétinée, mais jusqu'ici, je n'avais pas eu le moindre soupçon. Tout de même, quelle histoire...

– Vraiment, ma maîtresse est terrible... Chaque fois que je vous voyais, Madame, vous me faisiez tant de peine...

Elle semblait éprouver une authentique compassion à mon égard. J'avais beau me convaincre qu'il était vain de m'épancher avec une fille comme

75

elle, j'enrageais tant et j'étais si perdue que j'ai voulu tout lui dire, tout ce que j'avais sur le cœur :

– Ecoute, Umé, essaie de me comprendre. Jamais je n'aurais pu imaginer une pareille situation : dis-toi bien que je suis allée jusqu'à me disputer avec mon mari pour elle. Si elle ne m'avait pas tourné la tête à ce point, je m'en serais aperçue, encore que je n'aie pas de plomb dans la cervelle. Passe encore ! Mais que peut-elle manigancer pour me téléphoner ainsi ? Il y a des limites à la plaisanterie.

– En effet. Quelle idée a-t-elle derrière la tête ? Elle doit vraiment y être acculée, ce n'est pas votre avis ?

– Même si elle a des ennuis, comment ose-t-elle m'avouer qu'elle se trouve dans une auberge avec un petit ami et qu'elle prend un bain avec lui ? Ce n'est pas la peine de te faire un dessin !

– Vous avez raison, mais si on lui a volé son kimono, elle ne pouvait pas partir toute nue !...

– Si c'était moi, je rentrerais toute nue. Plutôt que de donner ce coup de téléphone éhonté, je rentrerais toute nue !

– Tomber sur un voleur dans de pareilles circonstances ! Allons, c'est bien vrai, on ne commet pas le mal impunément.

– Oui, c'est leur châtiment. Non seulement, on leur a volé leur argent, mais on les a dépouillés de tous leurs vêtements, des lacets de leurs ceintures jusqu'à leurs socquettes.

– C'est cela, c'est cela, c'est un châtiment !

– Ce n'est pas dans ce but qu'on s'était fait faire des kimonos jumeaux... jusqu'à quel point se sera-t-elle payé ma tête ?

– Encore heureux qu'elle ait choisi ce kimono aujourd'hui ! Et vous, Madame, vous auriez très bien pu lui dire que vous n'iriez pas la chercher, qu'elle n'avait qu'à se débrouiller toute seule. Vous auriez pu la laisser tomber. Et qu'est-ce qui vous serait arrivé alors ?

– Ce n'est pas l'envie qui m'en manquait. D'ailleurs, au début, je n'y comprenais rien. Mais elle s'est mise à pleurnicher au téléphone. J'étais complètement ébahie. Et puis, tout odieuse qu'elle est, je n'arrive pas à la détester : en un éclair, elle m'est apparue, nue et tremblante. Je la trouvais pitoyable, tellement pitoyable que je ne pouvais plus me retenir... Bien sûr, Umé, ça peut paraître idiot, vu de l'extérieur, mais je n'y peux rien...

– Oui, ça doit être comme ça...

– Et en plus, non seulement elle a réclamé des vêtements pour elle, mais pour le bonhomme aussi ! Et je les entendais très bien palabrer entre eux à l'autre bout du fil, comme si elle avait voulu me prendre à témoin. Quel culot, de me dire des choses pareilles ! Devant les autres, elle me lançait toujours des « grande sœur » en veux-tu en voilà et elle me répétait : « Je n'ai montré ma nudité à personne d'autre qu'à toi ! » Je serais curieuse de les voir nus, tous les deux !

Je ne m'appartenais plus et tout en m'abandonnant à mon monologue, je ne faisais pas attention au chemin que nous suivions. Je me rappelle cependant, qu'après l'avenue Sakai, nous avons pris la direction de l'ouest, vers le quartier de Kiyomizu et que nous apercevions au loin les illuminations du grand magasin Daimaru sur l'avenue de Shinsaibashi. Mais nous ne sommes pas allées jusqu'à Daimaru, et nous avons tourné en direction du sud de l'avenue du pont de Tazaemon. Le chauffeur nous a dit :

– Nous voilà à Kasayamachi. Où est-ce que je vous dépose ?

Je lui ai demandé :

– Vous ne connaissez pas dans le coin un restaurant qui s'appelle la *Margelle du puits* ?

Mais il n'en avait pas entendu parler. Nous avons interrogé un riverain qui nous a répondu :

– Ce n'est pas un restaurant, c'est un hôtel !

– Où est-ce qu'il se trouve ? ai-je questionné.

– C'est au fond d'une ruelle, un peu plus loin.

Bien qu'il s'agît d'une arrière-rue, derrière le quartier de Sôemon et à l'écart de l'avenue de Shinsaibashi, c'était un endroit sombre et peu fréquenté. Et il y avait un certain nombre de maisons de geishas, de restaurants et d'auberges, plutôt modestes avec des façades qui ne payaient pas de mine. On aurait dit des boutiques fermées pour faillite depuis belle lurette. Nous sommes allées jusqu'à l'entrée de la ruelle qu'on nous avait indiquée et d'où nous avons aperçu une petite enseigne lumineuse qui disait *Auberge Margelle du puits*.

– Tu peux m'attendre ici, Umé ? ai-je dit.

Je me suis avancée toute seule dans la rue. Quoiqu'elle se prétendît auberge, c'était une drôle de maison, guère engageante. J'ai ouvert la porte et j'ai hésité un instant. Dans la cuisine, quelqu'un parlait au téléphone et personne ne m'a répondu.

– Bonsoir, bonsoir ! ai-je répété à haute voix.

Finalement, une servante est apparue et elle a semblé comprendre immédiatement les raisons de ma venue, avant même de me laisser m'expliquer.

78

– Entrez, je vous en prie, a-t-elle dit, en me faisant monter un escalier étroit jusqu'au premier étage.

Elle a tiré la porte coulissante d'une chambre, en annonçant :

– La dame que vous attendiez est là.

J'ai pénétré dans une entrée minuscule où se trouvait un homme de vingt-sept ou vingt-huit ans, qui avait le teint clair.

– Excusez-moi, a-t-il commencé sur un ton cérémonieux, mais vous êtes bien l'amie de Mitsuko ?

– Oui, ai-je acquiescé. C'est moi.

Il s'est raidi et s'est incliné profondément.

– Je ne sais quels mots trouver pour me faire pardonner. Mitsuko ne va pas tarder à tout vous expliquer. Pour l'instant, elle n'ose pas se montrer à vous dans sa tenue. Elle vous prie de l'excuser, mais elle ne viendra que lorsqu'elle aura enfilé votre kimono.

Il était séduisant : son visage avait une finesse de traits féminine. C'était le genre qui pouvait plaire à Mitsuko : il était ravissant, mais ses sourcils peu fournis et la ligne mince de ses yeux lui donnaient un air un peu sournois. Cependant, dès que je l'ai aperçu, je me suis dit :

« Quel beau garçon ! »

Ce n'étaient pas ses vêtements qu'il portait mais, comme je l'ai appris plus tard, il avait emprunté un kimono stylé à un employé de l'auberge.

– Voici les vêtements de rechange, ai-je expliqué, en lui tendant le paquet.

– Je vous remercie infiniment, a-t-il murmuré, en le prenant avec respect.

Il a tiré la porte coulissante de la chambre proprement dite et, après l'avoir déposé, il l'a refermée. J'avais tout juste eu le temps d'apercevoir le paravent qui cachait la couche...

Il serait fastidieux de vous raconter dans des détails tout ce qui s'est produit cette nuit-là. J'avais apporté ce qu'on m'avait demandé et, puisqu'elle n'était pas seule, il m'a semblé inutile de rencontrer Mitsuko. Je me suis contentée d'envelopper trente yens dans une feuille de papier et j'ai dit à l'inconnu :

– Je m'en vais. Vous donnerez cet argent à Mitsuko.

– Oh, je vous en prie, a-t-il insisté, en me retenant. Ne partez pas. Elle va être là dans une minute.

Il s'est assis cérémonieusement devant moi, comme s'il s'apprêtait à me dire quelque chose d'important.

– C'est à Mitsuko de tout vous raconter. Mais je pense que je dois, moi-même, vous expliquer ma présence, si vous avez l'amabilité de bien vouloir m'écouter.

Il a commencé de cette manière. – En fait, il s'agissait d'une mise en scène concertée, pour qu'il parlât à la place de Mitsuko, pendant qu'elle se changeait. C'est alors que cet homme – ah, j'oubliais, il a ajouté :

– On m'a volé mon portefeuille, je ne peux pas vous donner ma carte de visite. Mon nom est Eijirô Watanuki et j'habite près du magasin de monsieur Tokumitsu à Semba.

Ce Watanuki m'a alors raconté que leur amour datait de l'époque où Mitsuko habitait encore à Semba, c'est-à-dire de décembre dernier. Ils s'étaient même engagés mutuellement à se marier. Or, c'est au printemps que s'était posé le problème du mariage de Mitsuko avec M. Il devenait, dès lors, difficile de réaliser leur vœu. Heureusement, les bruits qui couraient sur son homosexualité avaient annulé ce projet. – C'était, en gros, le contenu de ses confidences. Mais il précisait qu'ils ne s'étaient jamais servis de moi. Certes, au début, ils avaient profité de la situation, mais, petit à petit, Mitsuko, émue par ma passion, avait fini par s'attacher à moi, avec plus de ferveur. Je ne pourrais pas imaginer à quel point il m'avait enviée. Et si donc quelqu'un pouvait s'estimer instrumentalisé, c'était plutôt lui. C'était la première fois qu'il me voyait, mais Mitsuko avait toujours mon nom à la bouche. Elle disait que, quoiqu'on se servît du même mot d'amour, l'amour entre un homme et une femme et l'amour entre deux femmes n'avaient aucun rapport et que s'il ne tolérait pas l'amour de Mitsuko pour moi, il n'était plus question pour elle de poursuivre leur liaison. Il avait donc fini par se rendre à ses raisons. Mitsuko ne cessait de clamer :

– Ma grande sœur est mariée : je t'épouserai quand même, mais l'amour entre mari et femme, c'est une chose, et l'amour entre femmes, c'en est une autre. Il faut que tu saches que je ne renoncerai jamais à ma grande sœur. Et si cela te déplaît, je ne me marierai pas avec toi.

Et il a ajouté :

– Les sentiments de Mitsuko à votre égard sont absolument sincères.

J'ai pensé un moment qu'il se moquait de moi, mais ses explications étaient extraordinairement habiles et ne me laissaient pas la moindre prise.

Il avait toujours trouvé injuste de me tenir à l'écart de leur relation et il avait demandé à Mitsuko de me mettre au courant et de m'avertir qu'il était consentant. Mitsuko convenait que cela valait mieux, en effet, mais chaque fois qu'elle me revoyait, elle répugnait à tout me révéler et repoussait indéfiniment l'échéance. Et voilà comment on en était arrivé à cette situation. Au téléphone, elle avait annoncé qu'ils avaient été victimes d'un vol, mais, en réalité, il ne s'agissait pas d'un banal larcin. Ce n'étaient pas des voleurs qui s'étaient emparés de leurs vêtements, mais des flambeurs de tripot. Plus il progressait dans son récit, plus je me rendais compte qu'on ne commet pas de crime impunément. Ce soir-là, des gens jouaient pour de l'argent dans une chambre voisine et il y avait eu une descente de police : les agents avaient fait irruption dans l'auberge. Mitsuko et lui avaient pris la fuite par les toits, elle en sous-vêtements, lui en pyjama, et ils s'étaient réfugiés dans une soupente où l'on étendait du linge. Les joueurs s'étaient enfuis en tous sens et la plupart d'entre eux avaient réussi à s'échapper mais un couple s'était trop attardé et, dans son affolement, avait trouvé la porte de la chambre de Mitsuko et d'Eijirô ouverte et s'y était caché. L'homme et la femme avaient saisi cette chance et décidé de se faire passer pour deux amants illégitimes, parce qu'ils savaient que les policiers chargés d'arrêter les joueurs ne sont pas les mêmes que ceux qui poursuivent les couples adultérins. Mais les agents étaient plus malins que prévu et subodorant quelque chose de louche, ils les avaient emmenés au poste. Avant de les suivre, les joueurs avaient enfilé les vêtements qui avaient été laissés dans une commode. En effet, lors de l'irruption des policiers, ils portaient des robes de chambre de l'hôtel et ils avaient laissé leurs propres habits dans leur chambre ; pour continuer à donner le change, ils ont dû revêtir les kimonos qui étaient à leur chevet. Mitsuko et son ami, qui s'étaient esquivés de justesse, n'ont plus retrouvé leurs vêtements à leur retour. Si encore le couple de joueurs avait eu la délicatesse de leur laisser leurs portefeuilles ! Comme le patron de l'auberge avait été, lui aussi, conduit au poste, ils n'avaient plus personne à qui s'adresser. Il leur était même impossible de rentrer. Autre chose les inquiétait : le sac de Mitsuko contenait sa carte d'abonnement de train et lui, il avait laissé ses cartes de visite dans son portefeuille. Si jamais la police les appelait chez eux, ce serait épouvantable. Ils s'étaient donc sentis absolument désemparés, quand elle m'avait téléphoné. Puisque j'avais eu la gentillesse de venir jusque-là et que je tenais moi aussi à Mitsuko, malgré le dérangement que cela représentait, je devrais la raccompagner jusqu'à Ashiya et dire que nous étions allées ensemble au cinéma ou inventer n'importe quoi, au cas où la police aurait téléphoné entre-temps.

11

– Ecoutez, Madame, j'imagine que vous êtes très
contrariée de ce qui s'est passé, mais je vous en
prie...

Il s'est prosterné en collant son front au sol.

– Ce n'est pas de moi que je me soucie. Mais s'il
vous plaît, raccompagnez Mitsuko jusque chez elle.
Je vous en serai infiniment reconnaissant, ma vie
entière.

Il avait fini par joindre les mains dans un geste
de prière. Je m'attendris si facilement et j'avais
beau trouver que cela commençait à passer les
bornes : je n'avais pas la force de refuser. Malgré
ma rancœur, je l'ai dévisagé un instant sans rien
dire. Il avait gardé une attitude obséquieuse et j'ai
fini par céder, en disant simplement :

– D'accord.

Il a soupiré avec une émotion toute théâtrale.

– Ah...

Il s'est incliné profondément à nouveau, en
murmurant :

– Vous acceptez donc. Je vous remercie du fond
du cœur. Vous m'enlevez un tel poids ! Je vais
appeler Mitsuko. Mais je voudrais, a-t-il ajouté, en

me scrutant, vous demander encore une faveur. Elle est toute bouleversée par ce qui vient de se passer. J'aimerais que vous n'y fassiez aucune allusion. Est-ce que vous me le promettez ?

Il m'était impossible de me dérober. Alors, là aussi, j'ai acquiescé. Et je n'avais pas plus tôt accepté qu'il appelait :

– Mitsuko !

Il l'a rassurée à travers la porte coulissante :

– Madame nous a compris. Tu peux venir.

Jusque-là, de l'autre côté, on avait entendu un froissement de tissus, tandis qu'elle s'habillait. Mais un silence s'était soudain installé. Elle semblait prêter l'oreille à notre conversation. Au bout de deux ou trois minutes, la porte a glissé doucement avec un léger frottement et c'est alors qu'est apparue Mitsuko, les yeux encore rouges de larmes.

J'étais curieuse de voir son expression, mais à peine nos regards se sont-ils croisés, elle s'est hâtée de baisser la tête et de s'asseoir derrière le garçon, si bien que je n'apercevais que ses paupières gonflées et sa lèvre inférieure qu'elle mordillait nerveusement. Elle avait rentré ses mains dans les manches de son kimono, en les croisant, et elle avait le buste légèrement tourné ; elle s'abandonnait sur le côté, les vêtements en désordre. Tout en la contemplant dans cette attitude, je me disais que c'était un des deux kimonos que nous avions voulu identiques, je me rappelais le moment où nous les avions fait faire et la fois où nous les avions revêtus pour la photo. J'étais de plus en plus ulcérée et je pensais :

« J'aurais mieux fait de m'en passer. Maintenant, je n'ai qu'une envie : en faire de la charpie. »

Et sans ce type, je serais allée jusqu'au bout. Il devait s'en douter un peu parce que sans nous laisser le temps d'ouvrir la bouche, il nous a fait sortir pour s'habiller. Et malgré les protestations des employés, il a insisté pour payer avec ce que je lui avais donné et, prenant les devants, il m'a demandé :

– Madame, excusez-moi de vous demander cela, mais j'aimerais mieux que vous téléphoniez chez vous et chez Mitsuko pour avertir.

Je craignais qu'on ne s'inquiétât à la maison et j'ai appelé tout de suite la bonne :

– Je raccompagne Mitsuko et je reviens immédiatement. Est-ce que ses parents n'ont pas appelé ?

– Si, tout à l'heure. Je ne savais pas quoi répondre. J'ai dit simplement que vous étiez allées toutes les deux à Osaka, sans préciser l'heure de votre retour.

– Monsieur est couché ?

– Non, il est encore debout.

– Dis-lui que je reviens tout de suite.

Puis, j'ai téléphoné chez Mitsuko.

– Ce soir, nous sommes allées au cinéma et, comme nous avions faim en sortant, nous avons mangé au restaurant. Nous n'avons pas vu le temps passer et je vais raccompagner Mitsuko.

A l'autre bout du fil, sa mère m'a répondu :

– Ah bon ? D'accord. Voyant que vous tardiez à revenir, j'ai appelé chez vous.

A sa manière de parler, j'étais certaine que la police ne l'avait pas prévenue. Tout se présentait donc bien et nous avons décidé de repartir en taxi le plus vite possible, mais le garçon a commencé à distribuer le restant des trente yens aux domestiques de l'auberge, en leur recommandant de veiller à ce que Mitsuko et lui ne soient nullement inquiétés et il leur a donné des consignes en cas d'enquête de la police, le tout avec une effarante méticulosité. Enfin – j'avais dû arriver peu après dix heures et j'ai dû m'attarder une bonne heure, nous sommes donc repartis après onze heures –, c'est seulement alors que je me suis rappelé l'existence d'Umé. Je l'ai appelée et je l'ai fait monter dans le taxi : elle faisait les cent pas dans la ruelle. Mais voilà que le bonhomme s'est installé dans le taxi lui aussi et nous a annoncé :

– Je vais faire un bout de chemin avec vous.

J'ai pris place avec Mitsuko sur la banquette arrière tandis qu'Umé et Watanuki se sont assis sur les strapontins. Nous nous regardions en chiens de faïence, pendant que la voiture filait à toute allure. Nous sommes arrivés comme ça au pont de Muko, et Watanuki a eu soudain une idée :

– Dites-moi, et si nous rentrions plutôt en train ? Mitsuko, a-t-il ajouté, où veux-tu qu'on descende ?

Pour arriver chez Mitsuko, il fallait longer la rivière vers l'ouest, à partir de la station d'Ashiya, du côté de la colline où se trouvaient les célèbres cerisiers nommés *Shiomizakura,* c'est-à-dire à cinq ou six cents mètres de la voie ferrée. Mais il fallait traverser une pinède lugubre qu'on disait malfamée et où avait eu lieu une série d'agressions et de viols : passé une certaine heure, Mitsuko prenait

87

toujours un taxi à la gare, quoiqu'elle rentrât toujours en compagnie d'Umé.

– Il vaut mieux changer de taxi à la gare, a-t-on commencé à proposer.

– Non, parce que les chauffeurs nous connaissent de vue. Il est préférable de descendre avant.

Umé et moi, nous nous mêlions peu à peu à la conversation. Mitsuko était la seule à ne pas desserrer les mâchoires et, par instants, elle dévisageait Watanuki assis en face d'elle, comme si elle avait voulu lui faire comprendre par le regard et des soupirs un secret. Le garçon l'a scrutée à son tour et a déclaré :

– Mieux vaudrait que nous descendions sur la nationale, au pont de Narihira.

J'avais parfaitement compris : la route qui menait au chemin de fer était très solitaire et passait sur un remblai où avaient poussé des pins en grand nombre, immenses. Dans ce genre d'endroit, trois femmes ne pouvaient pas marcher toutes seules. Comme Watanuki désirait rester le plus longtemps possible avec Mitsuko, il avait naturellement pensé nous demander de descendre là, pour nous tenir compagnie sur cette route. Il avait, en effet, précisé qu'il habitait près de chez les Tokumitsu à Semba, et si, malgré tout, il connaissait le nom de ce pont et de cette route, c'est que, probablement, il leur était arrivé plusieurs fois de se promener ensemble par là. J'avais envie de protester :

« La pire des choses serait qu'on nous surprenne toutes les trois avec un homme. Si nous étions seules, nous saurions trouver une excuse quelconque. Mais vous, vous feriez mieux de rentrer directement. Vous prétendez que vous me faites confiance, alors allez-vous-en, autrement, c'est moi qui partirai. »

Mais Umé prenait son parti, disant tantôt :

– C'est une bonne idée.

Tantôt :

– Faisons comme cela.

Et, apportant de l'eau à son moulin, elle a demandé :

– Si ça ne vous ennuie pas trop, est-ce que vous pouvez nous accompagner jusqu'à la gare ?

A bien y réfléchir, Umé devait être la complice de Mitsuko et de Watanuki. Quand nous sommes descendus de la voiture, nous nous sommes mis en route jusqu'au talus, dans l'obscurité. Sans raison, Umé s'est adressée à moi, en me prenant par le bras :

– N'est-ce pas, Madame ? Sans la présence d'un homme, nous aurions peur dans ce noir !

Elle m'a saoulée de paroles, me racontant comment Une Telle avait été attaquée ici. Et j'avais l'impression qu'elle m'éloignait délibérément des deux autres. Ils nous suivaient à une dizaine de mètres et j'entendais faiblement la voix de Mitsuko qui murmurait :

– Oui... Ah bon...

Il nous a laissées devant la gare et, sans un mot, nous avons pris un taxi qui nous a conduites chez Mitsuko :

– Vous voilà enfin ! A quelle heure vous rentrez ! s'est exclamée la mère de Mitsuko qui était venue à notre rencontre.

Elle s'est confondue en remerciements, s'inquié-tant beaucoup du dérangement qu'elles m'avaient

89

causé. Nous faisions, Mitsuko et moi, une drôle de tête et nous craignions, en parlant trop, de nous trahir. Aussi, quand la mère de Mitsuko m'a proposé d'appeler un taxi, ai-je répondu :

– Il m'attend dehors.

Et je me suis presque enfuie. Je suis rentrée en train à Shukugawa d'où un autre taxi m'a ramenée à Kôroen. Il était minuit pile.

– Bonsoir, Madame, m'a dit la servante à l'entrée.

– Que fait Monsieur ? Il dort ?

– Il vous a attendue jusqu'à maintenant, mais il vient de se coucher.

« Parfait, ai-je pensé. Espérons qu'il dort sans se douter de rien. »

J'ai fait coulisser la porte le plus discrètement possible et je me suis faufilée dans la chambre sur la pointe des pieds. Il y avait un litre de vin blanc sur la table de nuit. Mon mari dormait comme un bienheureux et il avait ramené la couverture par-dessus la tête. Il tenait très mal l'alcool et il était rare qu'il bût avant de se coucher. Je pensais qu'il en avait pris ce soir parce que l'inquiétude l'empêchait de trouver le sommeil. Je me suis étendue à ses côtés, en silence, en essayant de ne pas troubler son sommeil serein, mais je ne parvenais pas à m'endormir. Plus j'y pensais, plus je sentais redoubler en moi ma fureur et mon aigreur. J'avais l'impression d'avoir le cœur lacéré. Je me disais :

« Comment me venger ? Elle me paiera ça ! »

J'ai eu un accès de colère et, instinctivement, j'ai tendu la main vers la table où j'ai pris le verre qui était à moitié plein et que j'ai vidé d'un seul coup.

90

Les contretemps de cette nuit-là m'avaient profondément perturbée et je n'étais pas habituée à boire. En un clin d'œil, j'étais grise et, loin de connaître une délicieuse euphorie, j'avais la tête serrée dans un étau, j'avais le cœur sur les lèvres et c'était comme si tout mon sang m'était monté à la tête : je haletais et j'avais une idée fixe que je n'osais pas exprimer à voix haute :

« Ah, vous vous êtes fichus de moi ? Eh bien, vous aurez de mes nouvelles ! »

J'avais de violentes palpitations au cœur et j'entendais comme un bruit de saké qu'on verse d'un tonneau, je me rendais compte que le cœur de mon mari battait à tout rompre lui aussi et que son souffle était brûlant et entrecoupé, nous respirions de plus en plus vite, comme si nous rythmions le temps ensemble et, à l'instant même où je croyais que nos cœurs étaient sur le point d'éclater, j'ai été prise entre les bras de mon mari. Juste après, j'ai senti plus près de moi son halètement et ses lèvres en feu m'effleuraient le lobe de l'oreille.

– Tu es enfin revenue !

C'est alors que, je ne sais pourquoi, des larmes ont jailli de mes yeux et que je me suis écriée :

– Quelle humiliation !

J'ai sangloté en tremblant. Cette fois-ci, c'est moi qui me suis agrippée à lui et je l'ai secoué de toutes mes forces, en répétant :

– Quelle humiliation ! Quelle humiliation ! Quelle humiliation !

– Qu'est-ce que tu as ? Qu'est-ce qui t'a mise dans cet état ? m'a-t-il demandé gentiment. Qu'est-ce qui t'a mise dans cet état ? Je ne comprendrai rien si tu continues à pleurer. Qu'est-ce qui se passe ? Qu'est-ce qui t'est arrivé ?

Il a essuyé mes larmes et il m'a consolée, en me caressant, ce qui ne faisait qu'accroître ma tristesse. Je me suis dit :

« Tout de même, ce n'est pas rien, un mari ! Je suis bien punie de mes fautes. Je vais oublier cette fille. Et je m'attacherai pour le restant de mes jours à l'amour de cet homme. »

J'éprouvais enfin un sentiment sincère de remords.

– Je vais tout te raconter de ce qui s'est passé ce soir et tu me pardonneras, d'accord ?

C'est ainsi que j'ai avoué à mon mari tout ce qui s'était produit jusque-là.

– Mais il n'y a pas que cette école. Si tu as envie de suivre des cours de peinture, pourquoi ne fréquenterais-tu pas un Institut des Beaux-Arts ? J'aimerais mieux que nous partions ensemble le matin.

– Je n'ai plus envie de suivre de cours. Où que j'aille, cela me sera inutile.

Dès lors, je suis restée à la maison, comme si je m'étais transformée du jour au lendemain en bonne ménagère, et je faisais consciencieusement le ménage. Pour ce qui est des sentiments de mon mari, sa joie a été indescriptible, quand il a vu que je n'avais plus rien d'une femme capricieuse et que j'étais pour ainsi dire renée avec une autre personnalité. Son souhait aurait été cependant de retrouver notre vie ancienne, où tous les jours nous allions ensemble à Osaka, sans un nuage entre nous. J'aurais voulu, moi aussi, rester le plus souvent avec lui, car je me disais que, loin de lui, je pouvais encore être tentée par de mauvaises pensées et qu'il me suffirait d'avoir devant moi le visage de mon mari pour l'oublier, elle. J'aurais voulu sortir même avec lui. Mais non, il ne le fallait pas : si jamais je tombais sur elle dans la rue... bien sûr, je ne lui aurais pas adressé la parole, mais comment prévoir mon attitude, si jamais nos regards s'étaient croisés ? J'aurais pâli et, tremblante comme une feuille, j'aurais pu faire un faux pas et je me serais peut-être évanouie à un coin de rue. J'avais donc peur de sortir : non seulement, je n'osais pas aller jusqu'à Osaka, mais un jour, je me suis hasardée jusqu'à la voie des trams et j'ai aperçu une silhouette qui l'évoquait vaguement, je me suis hâtée de rentrer, comme si on m'avait sou-

dain attaquée, et, la main sur ma poitrine hale-
tante, je me suis dit :

« Il ne faut pas, il ne faut pas, il ne faut pas sortir
d'ici, fût-ce pour un instant. Je resterai cloîtrée
comme une emmurée et j'emploierai toute mon
énergie à la lessive, à la poussière, à la vaisselle. »

J'aurais aimé brûler les lettres que je conservais
dans le tiroir de ma commode et surtout le portrait de Kannon. Je ne pensais qu'à cela. Chaque
fois que je m'approchais de la commode, je me
promettais :

« Je les brûlerai aujourd'hui, je les brûlerai
aujourd'hui. »

Mais une fois devant la commode, je me disais
toujours :

« Quand je les aurai en main, j'aurai certainement envie de les lire. »

Et finalement, j'avais trop peur pour ouvrir le
tiroir. Voilà comment je passais mes journées et le
soir venu, au retour de mon mari, je me sentais
bien comme si j'étais soulagée d'un grand poids.

– Tu sais quelque chose, lui disais-je, en ce
moment, je pense à toi du matin au soir. Toi aussi,
c'est pareil ?

Et je lui sautais au cou.

– Ne laisse pas de place libre dans mon cœur.
Aime-moi, aime-moi tout le temps, toujours, toujours.

C'est tout ce que je disais. L'amour de mon mari
était mon unique soutien. Je ne lui disais rien que
cela :

– Aime-moi encore, aime-moi encore.

Un soir, je me suis écriée tout excitée comme
une folle :

– Ton amour ne me suffit pas encore.

– Tu passes vraiment d'un extrême à l'autre, m'a-t-il dit, pour me calmer.

Il était désemparé par mon égarement.

Si elle était venue me voir à ce moment-là, je me serais trouvée dans l'obligation gênante de lui parler, de gré ou de force : c'était ma plus grande préoccupation, mais, en dépit de sa hardiesse, elle n'a pas eu le front de me chercher chez moi et par chance, je n'ai plus entendu parler d'elle. J'ai adressé des prières aux dieux et à Bouddha, en les remerciant d'avoir ainsi infléchi mon destin. Vraiment, si je n'avais pas vécu cette nuit-là, je n'aurais jamais réussi à me séparer d'elle aussi totalement, aussi définitivement : c'était là aussi la marque d'une volonté divine. Vers la fin du mois de juin, au bout de quinze jours, j'ai retrouvé mon calme en me disant :

« Je me résignerai en pensant que ce qui m'a irritée et attristée est désormais fini et que ce n'est qu'un rêve. »

Pendant l'été de l'année dernière, il n'a pratiquement pas plu quoique ce fût la saison des pluies ; le soleil brillait tous les jours et, devant la maison, les baigneurs étaient nombreux sur la plage. Mon mari, qui, d'habitude, n'avait rien à faire, avait justement à cette époque un cas à traiter, et il me répétait continuellement que bientôt il en serait libéré et que nous partirions ensemble en vacances. J'étais en train de préparer une gelée de cerises dans la cuisine, quand la bonne m'a appelée :

– Madame, on vous demande au téléphone, de la clinique S. K. d'Osaka.

J'avais un mauvais pressentiment et je me tenais sur mes gardes, mais je lui ai répondu :

– Qui pourrait être hospitalisé là-bas ? Tu ne peux pas demander encore une fois ?

– Non, Madame. C'est quelqu'un de la clinique qui voudrait vous parler directement. C'est une voix d'homme.

– Bizarre, tout de même.

Avant même de m'approcher du téléphone, j'ai éprouvé une certaine inquiétude, sans en connaître la raison précise et ma main tremblait, quand j'ai saisi le combiné.

– Madame Kakiuchi ?

Après s'être assuré à deux ou trois reprises de mon identité, il a baissé soudain la voix pour me poser une étrange question :

– Je suis désolé de vous déranger à l'improviste, mais je voudrais savoir si vous vous rappelez avoir prêté un livre sur la contraception à madame Nakagawa.

– En effet, j'ai prêté ce livre, mais je ne connais pas de madame Nakagawa. Je suppose qu'elle l'a emprunté à la personne à qui je l'ai passé.

L'homme a aussitôt acquiescé :

– Oui, oui. Je pense que vous parlez de madame Tokumitsu ?

Je m'y attendais, mais ce seul nom me galvanisait. J'avais prêté ce livre à Mitsuko un mois auparavant, parce qu'une de ses amies, madame Nakagawa justement, ne voulait pas d'enfants.

– Tu suis certainement une excellente méthode, grande sœur, m'avait-elle dit.

– Pour tout dire, avais-je répondu, je possède un très bon livre. Il a été publié aux Etats-Unis et on y trouve tout ce qu'on veut savoir.

Je lui avais prêté ce livre et je l'avais complète-

97

ment oublié depuis. Or, voilà que le médecin m'apprenait qu'ils étaient ennuyés parce que, à cause de ce livre, un incident grave s'était produit. Il ne pouvait pas me donner de détails au téléphone, mais mademoiselle Tokumitsu, disait-il, était impliquée et elle était vraiment inquiète : elle avait voulu me rencontrer et me parler, mais je n'avais pas répondu aux nombreuses lettres qu'elle m'avait envoyées, ce qui l'avait mise dans un grand embarras. Il fallait absolument que j'accepte de voir mademoiselle Tokumitsu, insistait-il. Des contretemps les empêchaient, à la clinique, de venir me rendre visite directement. Le mieux était pour moi d'aller voir mademoiselle Tokumitsu et de faire comme si la clinique n'était nullement impliquée. Et si je m'y opposais, la clinique ne saurait être tenue responsable des ennuis auxquels je m'exposerais. Je soupçonnais là un complot de la part de Watanuki et de Mitsuko et je me demandais s'ils iraient jusqu'à vouloir me duper une fois encore, mais, à cette époque, les avortements étaient sévèrement poursuivis et l'on lisait souvent que tel médecin avait été inculpé et telle clinique mise en cause. Comme je l'ai déjà dit, le livre proposait différentes méthodes pharmaceutiques ou mécaniques d'avortement, toutes illégales, et j'imaginais donc que madame Nakagawa avait commis une bêtise qui avait eu de très graves conséquences, pour lesquelles une personne inexperte ne pouvait plus grand-chose et qui l'avaient obligée à être hospitalisée. Comme j'avais interdit à ma bonne de me montrer les lettres éventuelles de Mitsuko et que je lui avais ordonné de les brûler, je ne pouvais me douter qu'une telle chose pût se produire un jour. Le médecin de la clinique était fort pressé et insistait pour que je la voie, le jour même. J'ai appelé mon mari pour lui demander conseil.

– Au point où tu en es, tu ne peux pas refuser de la rencontrer.

J'ai donc accepté la proposition qui m'était faite. On m'a répondu qu'on demanderait à la demoiselle de venir chez moi.

13

C'est vers deux heures que j'avais reçu cet appel.
Une demi-heure plus tard, Mitsuko est arrivée. Les
gens de la clinique avaient beau être pressés, je ne
l'attendais pas avant le soir et comme, d'habitude,
elle mettait une heure ou deux à se préparer, je ne
pouvais imaginer qu'elle serait aussi rapide, mais
la sonnette insistait furieusement et j'ai entendu le
claquement de ses sandales sur les marches cimen-
tées de l'entrée... Toutes les portes étaient ouvertes jusqu'aux pièces les plus reculées de la maison,
et le courant d'air apportait avec lui un parfum qui
me rappelait bien des souvenirs. Malheureusement, mon mari n'était pas encore rentré ; je
m'agitais en tous sens, en cherchant où m'enfuir,
quand j'ai vu ma bonne se précipiter et crier, le
visage défait :

– Madame, Madame !

– Je sais, je sais, c'est Mitsuko, n'est-ce pas ?

Je me suis avancée, en prononçant des phrases
égarées :

– Attends un moment... fais-la patienter...
conduis-la au salon...

Après lui avoir donné ces ordres, je suis montée

me réfugier au premier étage et je me suis allongée dans ma chambre, attendant que mon cœur se calmât. Finalement, je me suis relevée, je me suis mis une épaisse couche de fond de teint, pour dissimuler ma pâleur, j'ai bu une coupe de vin blanc et, prenant mon courage à deux mains, je suis descendue.

En apercevant à travers le store de bambous les motifs voyants de son kimono et sa silhouette, tandis qu'elle essuyait son visage ruisselant avec un mouchoir, j'ai senti mon cœur battre à tout rompre. Quand Mitsuko m'a aperçue à son tour, à travers la cloison ajourée, comme si elle avait attendu impatiemment mon arrivée, elle m'a accueillie en souriant :

– Bonjour, m'a-t-elle dit. Je suis désolée d'avoir laissé passer tout ce temps, grande sœur, mais tant de choses sont arrivées... Et puis je me suis dit : qu'est-ce qu'elle a pensé après ce soir-là ! Elle est certainement furieuse. Et je n'osais plus me manifester.

Elle s'exprimait avec la plus grande prudence et, épiant mes réactions, elle a retrouvé son ancienne familiarité :

– Dis-moi, grande sœur, tu m'en veux encore ?

Je me suis efforcée de l'appeler avec détachement « mademoiselle Tokumitsu ».

– Ce n'est pas pour entendre ce genre de choses que j'ai accepté de vous revoir.

– Je comprends, grande sœur, mais si tu ne m'assures pas que tu m'as pardonné, je n'arriverai pas à te parler.

– Non, non. La clinique S.K. m'a demandé de vous aider pour le cas de madame Nakagawa et mon mari ne m'a donné l'autorisation de vous recevoir que pour traiter de cela. Je vous prie donc de parler d'autre chose. Je ne dois imputer qu'à ma sottise ce qui s'est passé, je ne nourris aucune rancœur et je n'en veux à personne, mais je désire qu'à présent, vous ne m'appeliez plus « grande sœur ». Autrement, je ne vous écouterai pas.

Cette déclaration a paru la décourager et, entortillant son mouchoir autour d'un doigt comme une corde, elle a baissé ses yeux qui semblaient s'emplir de larmes. Elle s'est tue.

– Vous n'êtes pas venue me parler de cette histoire ? Allons, exposez-moi les faits.

– Quand je t'entends tenir ce langage, grande sœur..., a repris Mitsuko, en s'obstinant à m'appeler ainsi. Même si j'ai des révélations à te faire, je suis maintenant bloquée. En vérité, ce dont on t'a parlé au téléphone... ce n'est pas arrivé à madame Nakagawa.

– Ah bon ? Et à qui donc alors ?

A ce moment-là, Mitsuko a esquissé un drôle de sourire et de petites rides sont apparues à la racine de son nez.

– Il s'agit de moi, a-t-elle déclaré.

– C'est donc vous qui avez été hospitalisée.

Quel personnage, mon dieu ! Jusqu'où pousserait-elle l'effronterie ? Watanuki l'avait mise enceinte et comme elle ne savait pas comment s'en débarrasser, elle était venue se servir de moi. Elle n'était pas contente de m'avoir fait avaler ces couleuvres. J'étais parcourue d'un tremblement irrépressible, mais j'essayais de me maîtriser et d'arborer un air de parfaite innocence.

– Oui, c'est vrai, a reconnu Mitsuko, en hochant

la tête, j'ai demandé à être hospitalisée, mais on m'a répondu que ce n'était pas possible.

Cela n'avait ni queue ni tête. J'écoutais ce qu'elle me racontait dans le détail : elle avait essayé les différentes méthodes conseillées dans le livre que je lui avais prêté, mais aucune n'avait marché et, si elle avait tardé encore, son état se serait remarqué ; elle était tellement bouleversée que Watanuki, qui connaissait un employé dans une pharmacie de Dôshomachi s'était ainsi procuré le médicament prescrit dans le livre, et elle l'avait avalé. Cependant, l'employé n'avait pas été mis au courant : il s'était contenté de fournir le produit, en le préparant du mieux qu'il le pût. Mais peut-être s'était-il trompé dans le dosage, car la veille, elle avait commencé à avoir mal au ventre et, dès qu'elle eut appelé le médecin, elle avait eu une très violente hémorragie. Elle avait dû tout expliquer au médecin et les avait suppliés, Umé et lui, d'intervenir à l'insu de la famille. C'était le médecin de famille, et il s'était contenté de soupirer :

– C'est une situation délicate. Vraiment, je ne peux pas. Il faudrait absolument vous opérer. Je vous conseille de vous adresser à une clinique spécialisée que vous connaîtriez et d'essayer d'expliquer votre cas. Moi, je ne peux qu'assurer les soins les plus urgents.

C'est ainsi qu'il s'était tiré d'un mauvais pas. Mitsuko s'était alors rendue à la clinique S.K. dont elle connaissait le directeur, en espérant qu'il pourrait lui venir en aide. Elle était allée en consultation ce matin même, mais on lui avait donné la même réponse et l'on avait repoussé sa requête. Comme, cependant, le directeur avait reçu une aide financière du père de Mitsuko, pour la construction de la clinique, elle l'avait supplié, avec Umé.

– Quel ennui, quel ennui ! avait-il répété. Il y a quelque temps, n'importe quel médecin aurait accepté de s'en occuper, mais, comme vous le savez, on désapprouve très sévèrement ces pratiques, et il suffirait d'un faux pas pour que, non seulement moi, mais aussi votre famille, soyons exposés au déshonneur et, dans ce cas, je ne sais quelle excuse je pourrais alléguer devant votre père. Mais pourquoi avoir tant attendu ? Si vous n'étiez pas dans cet état, si vous étiez venue il y a encore un mois, j'aurais pu intervenir.

Pendant qu'ils discutaient, Mitsuko sentait de temps à autre des élancements au ventre et elle perdait du sang. Le directeur s'était dit que si quelque chose de grave se passait, la clinique serait mise en cause et, comme il ne pouvait assister à sa souffrance sans rien tenter, il lui avait demandé :

– Dites-moi, une bonne fois pour toutes, quel médicament vous avez pris et qui vous l'a recommandé. J'essaierai de garder le secret et, si jamais il y a des complications, je pourrai vous opérer, à condition que cette personne accepte d'assister à l'opération et en témoigne.

C'est pourquoi elle lui avait avoué qu'elle m'avait emprunté le livre, en précisant qu'en suivant les méthodes indiquées, j'étais toujours parvenue à atteindre le but recherché et qu'elle avait donc espéré y réussir, elle aussi. Le directeur avait réfléchi pendant un moment et puis il lui avait expliqué qu'un médecin n'était pas vraiment nécessaire dans ces circonstances ; quelqu'un qui

104

n'aurait pas de formation médicale, mais qui aurait une certaine expérience s'en serait très bien sorti : il était très courant que les femmes occidentales se débrouillent toutes seules sans réclamer l'aide de personne, en utilisant telle ou telle méthode et, si j'étais futée, elle n'avait qu'à s'adresser à moi. En tout cas, s'il y avait des complications, il l'opérerait à condition que je prenne toutes mes responsabilités ; si je faisais des difficultés, je devrais me rappeler que j'avais été la cause de tous ces ennuis, en prêtant le livre, et que donc, d'une manière ou d'une autre, je devrais y remédier. A la différence d'un médecin, j'avais peu de chances d'être découverte et quand je l'aurais été, je ne risquais pas grand-chose. Voilà ce que m'avait rapporté Mitsuko.

– Ecoute-moi, grande sœur, je ne voudrais pas personnellement exiger une telle chose de toi, mais j'éprouve par instants des élancement insupportables et l'on m'a dit que, si l'on n'intervenait pas, je devais m'attendre à une épouvantable maladie. Si tu te portais garante, je pourrais me faire opérer.

– Et comment est-ce que je pourrais me porter garante ? ai-je demandé.

Elle m'a dit que je devais aller à la clinique et m'engager verbalement devant le directeur et un tiers, ou bien écrire quelques lignes pour les conséquences éventuelles. Ce n'était pas une chose à prendre à la légère et puis, dans quelle mesure devais-je lui faire confiance ? Il était tout de même étrange que quelqu'un qui souffrait, qui, la veille encore, avait une hémorragie, se promenât ainsi, sans laisser paraître la moindre trace de fatigue. Et

14

– Qu'est-ce qui te prend ?

Je n'avais pas plus tôt fini la phrase que, pâlissant à vue d'œil, elle m'a demandé :

– Grande sœur, grande sœur, vite, accompagne-moi aux toilettes !

Soudain inquiète, je me suis approchée de Mitsuko qui se traînait par terre et je l'ai aidée à se relever. Finalement, elle a pris appui sur moi et poussant des gémissements, elle pouvait à peine avancer. Je l'ai attendue devant la porte des toilettes.

– Comment te sens-tu ? Comment te sens-tu ? répétais-je.

Elle se plaignait d'une voix de plus en plus douloureuse.

– Je me sens mal, grande sœur, grande sœur !

Je n'ai pu m'empêcher de me précipiter à l'intérieur.

– Courage, courage !

Et, en lui caressant les épaules, je me suis enquise :

– Est-ce que quelque chose est sorti ?

Elle a secoué la tête en silence, puis, avec un filet de voix, comme si la vie l'abandonnait :

– Je meurs, je meurs... aide-moi...

Elle a lancé enfin un cri :

– Grande sœur !

Et elle s'est agrippée à mes poignets. J'ai essayé de lui donner du courage.

– Mais est-ce que tu crois qu'on meurt pour si peu de chose ? Mitsu, Mitsu !

Elle a levé vers moi un regard vide, comme si elle n'y voyait plus, et elle a murmuré :

– Tu me pardonnes, n'est-ce pas, grande sœur ? Je voulais mourir comme ça, près de toi !

Cela sentait un peu la comédie, mais j'avais en même temps l'impression que ses mains refroidissaient dans les miennes.

– Veux-tu que j'appelle un médecin ?

– Non, cela pourrait te causer des ennuis. Si je dois mourir, laisse-moi mourir ainsi.

En tout cas, il n'était pas question de la laisser ici et je me suis fait aider de ma bonne pour la monter dans la chambre du premier. Tout s'était passé si vite que je n'avais même pas eu le temps de dérouler un matelas pour elle et je me demandais si j'avais raison de la coucher dans ma chambre, mais au rez-de-chaussée, comme nous étions en été, toutes les portes coulissantes étaient ouvertes et je n'avais pas le choix. Une fois qu'elle fut étendue, j'allais sortir pour téléphoner à mon mari et à Umé, mais elle m'a suppliée :

– Grande sœur, ne me quitte pas !

Elle s'était accrochée de toutes ses forces à la manche de mon kimono et ne voulait plus la lâcher.

Entre-temps, elle s'était un peu calmée et ne paraissait plus souffrir avec autant d'intensité. Si elle continuait ainsi, ce n'était pas la peine d'appeler le médecin. Je me sentais seulement alors soulagée et j'avais l'impression d'être sauvée. Comme je n'arrivais pas à me libérer, j'ai ordonné à la bonne de descendre au rez-de-chaussée.

– Va nettoyer tout de suite les toilettes qui sont sales.

J'ai pensé administrer à Mitsuko un médicament, mais elle refusait obstinément.

– Je n'en ai pas besoin, je n'en ai pas besoin.

Et elle m'a demandé ensuite :

– Grande sœur, desserre ma ceinture.

Je lui ai enlevé ses socquettes tachées de sang, j'ai nettoyé ses bras et ses jambes, avec de l'alcool et du coton. Entre-temps, ses douleurs l'avaient reprise :

– Que j'ai mal, que j'ai mal, de l'eau, de l'eau !

Elle gémissait et elle arrachait tout ce qui lui tombait sous la main, draps et oreillers, elle se tordait de douleur comme une écrevisse. J'ai rempli un verre d'eau, mais elle était très agitée et elle ne réussissait pas à boire : je l'ai immobilisée de force et je l'ai désaltérée au bouche-à-bouche. Elle buvait avec avidité et sa gorge gargouillait. Elle a recommencé ses jérémiades :

– Quelle douleur ! Quelle douleur !

Et puis :

– Grande sœur, je t'en supplie, monte sur mon dos et appuie de toutes tes forces.

Elle m'a demandé de la masser et de la frictionner çà et là, ce que j'ai fait. Elle paraissait se calmer un instant, mais pour soupirer tout de suite après :

– Comme je souffre !

Et son état ne semblait pas s'améliorer. Pendant les trêves, elle murmurait en larmes comme en se parlant à elle-même :

– Ah, cette souffrance, c'est le châtiment que je mérite de ta part... Tu me pardonneras, grande sœur, n'est-ce pas, si je meurs ?

Puis la douleur devenant plus aiguë, elle s'est retournée plus péniblement, et a dit qu'elle avait l'impression d'avoir expulsé un caillot de sang. Chaque fois qu'elle disait :

– Ça y est, ça y est.

... je regardais, mais il n'y avait absolument rien.

– Ce n'est qu'une impression, tu es tellement nerveuse, mais rien n'est sorti.

– Si ça ne sort pas, je vais mourir. Tu n'es pas contente que je meure, n'est-ce pas, grande sœur ?

– Pourquoi est-ce que tu dis ça ?

– Pourquoi ne me soulages-tu pas tout de suite, au lieu de me laisser endurer cette atroce souffrance ?... Je suis sûre que tu t'y connais mieux qu'un médecin...

Un jour, en effet, je lui avais dit :

– C'est facile, un instrument très ordinaire suffit.

Mais à partir du moment où elle avait crié « Ça y est, ça y est », j'avais compris qu'il ne s'agissait que d'une vulgaire comédie. Pour être sincère, je m'en étais déjà aperçue, mais je donnais le change et Mitsuko, qui avait dû se rendre compte que je n'étais pas dupe, avait continué sa comédie sans broncher... Nous nous trompions donc mutuellement... Vous avez certainement compris dès le début de quoi il retournait, Monsieur : je m'étais délibérément jetée dans la gueule du loup... Ah oui ! Je ne lui ai pas demandé quel était le liquide rouge qu'elle avait utilisé. Maintenant encore, je me le demande bien : peut-être avait-elle caché quelque part cette gélatine qui ressemble à du sang grumeleux et qu'on utilise au théâtre...

– Grande sœur, tu ne m'en veux plus alors ? Tu m'as vraiment pardonné ?

– Si tu me trompes encore une fois, je te tuerai pour de bon !

– Et si tu me traites avec autant d'indifférence, tu ne m'échapperas pas !

En moins d'une heure, nous avions complètement retrouvé notre ancienne intimité et je craignais soudain que mon mari ne rentrât à l'improviste. Après cette réconciliation, mon attachement s'était encore renforcé et je ne voulais plus la laisser partir, mais, en attendant, nous devions prendre des dispositions pour nous revoir :

– Mon dieu, comment faire ? Est-ce que tu pourras venir demain, ma petite Mitsu ?

– Est-ce que tu me laisseras venir chez toi ?

– Je ne sais plus si c'est bien ou non.

– Alors pourquoi ne pas nous retrouver à Osaka ? Je te téléphonerai demain à l'heure que tu préfères.

– Moi aussi, je te téléphonerai.

Pendant que nous parlions, le soir était tombé.

– J'y vais, parce que Mister Husband va revenir...

Comme elle commençait à se préparer, je protestai à plusieurs reprises :

– Reste encore un moment, je t'en prie.

– Allons, ne fais pas l'enfant ! N'insiste pas. Sois

111

raisonnable et attends jusqu'à demain. Je te ferai signe, ne crains rien.

Maintenant nos rôles s'étaient inversés et c'est moi qu'elle devait calmer. Elle est partie vers cinq heures.

A cette époque, mon mari revenait en général vers six heures, mais je pensais qu'il s'inquiétait et que donc il retournerait plus tôt. Cependant, il avait dû être retenu par son travail, parce que au bout d'une heure il n'apparaissait toujours pas. Entre-temps, j'avais remis la pièce en ordre, j'avais refait le lit et j'avais ramassé par terre les socquettes que Mitsuko avait laissé tomber – je lui en avais donné une paire des miennes – et en nettoyant ces taches, j'étais encore atterrée, comme si j'étais encore plongée dans un rêve. Quelle excuse trouverais-je devant mon mari ? Est-ce que j'allais lui avouer que je l'avais fait monter dans notre chambre ? Est-ce que je ne lui dirais rien ? Comment lui parler de manière à pouvoir revoir Mitsuko ? Je me posais toutes ces questions, quand j'ai entendu soudain au rez-de-chaussée :

– Monsieur est rentré.

J'ai alors caché les socquettes dans un tiroir de la commode et je suis descendue.

– Comment ça a fini cette histoire du téléphone ? m'a-t-il immédiatement demandé.

– J'ai eu des problèmes. Pourquoi n'es-tu pas rentré plus tôt ?

– J'aurais bien voulu, mais malheureusement j'ai eu quelque chose à terminer... Qu'est-il arrivé ?

– On m'a demandé de venir tout de suite à la clinique, mais je ne savais pas si je devais. En tout cas, je leur ai dit de patienter jusqu'à demain...

– Et Mitsuko est donc repartie ?

– Oui, mais elle a insisté pour que je l'accompagne demain.

– Est-ce que tu ne crois pas que c'est de ta faute, puisque tu lui as prêté ce livre ?

– Je le lui ai prêté parce qu'elle m'avait promis de ne le montrer à personne. Mais vraiment, je me suis mise dans un beau pétrin. Il faudra cependant que j'y aille demain, d'autant plus que cette madame Nakagawa ne m'est pas inconnue.

Et voilà comment je m'étais débrouillée pour trouver un prétexte.

15

J'ai passé cette nuit-là dans l'attente de l'aube et, à huit heures, une fois que mon mari s'en fut allé, je me suis précipitée au téléphone :

– Grande sœur, comme tu es matinale ! Tu es déjà réveillée ?

J'entendais très bien dans le combiné la même voix que celle de la veille, mais j'avais une tout autre impression, plus douce que lorsque j'avais Mitsuko près de moi, et j'ai senti mon cœur battre.

– Ma petite Mitsu, tu dormais encore ?

– La sonnerie m'a réveillée.

– Je suis prête. Et toi, tu peux sortir maintenant ?

– Je vais me préparer le plus vite possible. Donnons-nous rendez-vous à neuf heures et demie à la gare d'Umeda.

– A neuf heures et demie. C'est sûr, hein ?

– C'est sûr, ne crains rien.

– Tu es libre toute la journée, Mitsu ? Ça ne fait rien si on rentre tard ?

– Non, aucune importance.

– Moi aussi, j'ai décidé de me donner un jour de vacances.

Je suis arrivée avec ponctualité au rendez-vous, mais elle n'était pas là : je me suis dit qu'elle avait du retard parce qu'elle s'était longuement maquillée ou simplement parce qu'elle s'était moquée de moi. J'ai été tentée de l'appeler d'une cabine, mais j'y ai renoncé dans la crainte qu'elle n'arrivât entre-temps et que, ne me voyant pas, elle ne repartît. Je me suis contentée de l'attendre avec impatience. Enfin, à dix heures passées, je l'ai vue franchir le portillon et accourir vers moi.

– Il y a longtemps que tu m'attends, grande sœur ? m'a-t-elle demandé. Où est-ce que nous allons ? a-t-elle ajouté sans attendre ma réponse.

– Tu connais un endroit sympathique, ma petite Mitsu ? J'aimerais bien passer toute la journée dans un coin tranquille où il n'y ait personne.

– Que dirais-tu de Nara ?

Bien sûr, Nara, la ville où nous étions allées ensemble, pour la première fois, le paysage crépusculaire de la colline de Wakakusa... Comment avais-je pu oublier un lieu aussi mémorable ?

– Excellente idée, nous allons monter au sommet de la colline de Wakakusa.

A ce moment-là, j'ai éprouvé une telle joie... comme toujours, quand je ressentais une émotion très violente, mes yeux s'embuaient de larmes.

– Vite, allons-y vite.

Je l'ai pressée et nous avons couru à toutes jambes vers la file de taxis où l'on nous a fait monter dans une voiture.

– Depuis hier soir, je ne cesse de penser à l'endroit où nous pourrions aller. Je me suis dit que Nara était le lieu idéal.

– Moi non plus, je n'ai pratiquement pas fermé

l'œil de la nuit. Mais je ne sais pas à quoi je pensais.

– Mister Husband est rentré tout de suite après ?

– Au bout d'une heure environ.

– Qu'est-ce qu'il t'a dit ?

– Ne m'interroge pas là-dessus. Aujourd'hui, je voudrais oublier la maison de toute la journée.

Une fois arrivées à Nara, nous avons pris le bus jusqu'au nord de la colline de Wakakusa. A la différence de l'autre fois, il faisait chaud et le ciel était voilé et nous étions ruisselantes en montant jusqu'à la cime où nous nous sommes reposées, à la terrasse d'une buvette. Nous nous sommes rappelé que la première fois nous avions fait rouler des mandarines et, cette fois-ci, nous avons acheté des pamplemousses que nous avons lancés de la même manière. Les faons effrayés en contrebas ont pris la fuite.

– Tu n'as pas faim, ma petite Mitsu ?

– Si, mais j'aimerais rester encore un moment ici.

– Moi aussi, j'aimerais rester sur cette colline toute ma vie. On pourrait grignoter un biscuit en attendant.

Nous nous sommes contentées d'œufs durs pour tout repas, en contemplant le toit du temple du grand Bouddha et le mont Ikoma.

– La dernière fois, nous avons cueilli des fougères et des prêles, tu te rappelles, grande sœur ? Maintenant, ajouta-t-elle, il n'y en a probablement plus par-derrière.

– Non, à cette période de l'année, il n'est pas possible d'en trouver.

– Mais j'aimerais bien quand même y retourner.

C'est ainsi que nous sommes descendues dans la vallée qui menait aux flancs de la colline derrière nous. C'était même au printemps un lieu peu fréquenté ; en été, le paysage était encore plus solitaire et les arbres et les herbes y poussaient à foison. Nous aurions eu peur de nous aventurer trop loin toutes seules, mais, contentes de n'être vues de personne, nous avons trouvé une cachette à l'ombre d'un épais bosquet, où nous avions les nuages pour seuls témoins.

– Ma petite Mitsu...

– Grande sœur...

– Restons toute notre vie ensemble.

– Je voudrais mourir ici avec toi, grande sœur.

Après nous être murmuré ces phrases, nous sommes restées silencieuses, dans cet endroit, je ne sais combien de temps cela a duré : j'avais tout oublié, l'heure, le monde. Mon univers se réduisait à Mitsuko, éternellement précieuse... Entre-temps, le ciel s'était assombri et nous avons commencé à recevoir quelques gouttes glacées sur le visage.

– Il pleut.

– Quelle pluie odieuse !

– Il vaut mieux ne pas nous mouiller. Descendons avant qu'il ne pleuve des cordes.

Nous sommes redescendues précipitamment, mais l'averse avait été de courte durée et la pluie s'est arrêtée tout net.

– Dans ces conditions, nous aurions pu rester là-haut plus longtemps.

– Oh ! quelle méchante pluie !

Nous avions grand-faim soudain toutes les deux.

– C'est déjà l'heure du thé, si nous allions pren-dre un sandwich dans un hôtel, ai-je proposé.

– Je connais un endroit sympathique, m'a alors répondu Mitsuko.

Et elle m'a conduite dans un nouvel hôtel ther-mal près de la gare. C'était la première fois que j'y allais. Dans le coin, il y avait plusieurs centres familiaux de bains, comme à Takarazuka, et visi-blement Mitsuko y venait souvent, parce qu'elle appelait les femmes de chambre par leurs pré-noms et qu'elle connaissait la disposition des chambres.

Nous nous sommes amusées pendant toute la journée et nous sommes rentrées à Osaka vers huit heures. Nous ne voulions plus nous séparer, je l'aurais suivie n'importe où. En l'accompagnant jusqu'à Ashiyagawa en train, je lui ai dit :

– Ah, j'aimerais tant retourner à Nara ! Est-ce que tu es libre demain, Mitsuko ?

– Pourquoi n'irions-nous pas dans un endroit moins éloigné, demain ? Est-ce que ça te dirait de revenir à Takarazuka, après tout ce temps ?

– D'accord.

Et nous nous sommes quittées. Je suis arrivée chez moi à dix heures.

– Tu es vraiment en retard : je viens de télépho-ner à la clinique.

C'est ainsi que mon mari m'a accueillie. J'ai frémi, mais j'ai tout de suite trouvé une excuse astucieuse.

– On ne t'a rien dit au téléphone, n'est-ce pas ?

– Non, ils ont prétendu qu'il n'y avait aucune madame Nakagawa hospitalisée. J'ai pensé qu'ils avaient leurs raisons de le cacher, mais...

– Eh bien, j'ai découvert qu'il ne s'agissait pas de madame Nakagawa, mais bel et bien de Mitsuko elle-même. A vrai dire, hier, quand elle est venue ici, elle m'a paru un peu bizarre. Elle m'a dit qu'elle avait emprunté ce nom de Nakagawa, dans la crainte que je ne refuse de la voir, en sachant qu'il s'agissait d'elle.

– C'est donc elle qui est hospitalisée ?

– Non, non, et pis encore. Je suis allée la voir en toute innocence, avec l'intention de rendre visite à cette dame, et elle m'a dit : « Mais entre donc un moment, je t'en prie. » J'ai accepté, mais comme elle ne semblait pas se décider à sortir, je lui ai dit : « Je suis pressée, allons-y. » Alors, elle m'a avoué : « J'aurais quelque chose à te demander. » Et elle a ajouté : « Je pensais t'en parler hier, mais... ces temps-ci, je ne suis pas dans mon assiette : je suis peut-être enceinte, mais je n'ai pas envie de garder le bébé, est-ce que tu pourrais m'aider, toi qui t'y connais ? J'ai essayé de lire ce livre, mais il est écrit en anglais et je n'y comprends rien. J'ai peur de me tromper dans le mode d'emploi. » Voilà ce qu'elle m'a dit.

– Drôle de fille, décidément ! Aller inventer tous ces mensonges rien que pour ça ! Elle a un de ces toupets !

– J'avais l'impression qu'elle se payait ma tête après toute l'inquiétude qu'elle m'a donnée, mais elle m'a suppliée : « Je t'en prie, j'ai inventé cette histoire parce que je ne pouvais pas faire autrement, mais il ne faut pas m'en vouloir. » Et puis, cela a été au tour d'Umé de me présenter des excuses.

– D'accord, mais enfin il y a mensonge et mensonge. Là, elle a été plutôt mufle.

119

– C'est vrai, sans doute, mais hier, il y a aussi un homme qui m'a téléphoné : à coup sûr, c'est ce Watanuki. Ce doit être lui qui tire les ficelles. Toute maligne qu'elle est, Mitsuko ne serait pas capable d'inventer ce tissu de mensonges. J'étais dans un tel état que j'ai dit : « Je ne vais pas perdre mon temps à entendre ce genre de demande. Je m'en vais. » Et j'étais en train de sortir, quand elle m'a retenue par les deux manches et qu'elle m'a dit : « Ne dis pas ça. Il faut que tu m'aides. » Et elle s'est mise à pleurnicher en ajoutant : « Si mes parents découvrent le pot aux roses, je ne pourrai plus épouser Watanuki. Je n'aurai plus de raisons de vivre. » Umé me suppliait les mains jointes : « Je vous en prie, je vous en prie, occupez-vous de Mademoiselle, vous seule pouvez lui sauver la vie. » Je ne savais pas quoi faire et j'ai fini par céder.

– Et alors ?

– Et alors j'ai dû bien réfléchir à ce que j'allais leur expliquer. « J'ignore ces méthodes, ai-je dit. Je regrette déjà de t'avoir prêté ce livre, alors, tu imagines, aller se lancer dans une histoire aussi dangereuse ! Adresse-toi à un médecin de ta connaissance. » Mais, entre-temps, Mitsuko avait commencé à se sentir mal, et il s'en est suivi une grande confusion...

J'inventais à mesure que je parlais toutes sortes de mensonges, en y mêlant habilement quelques faits réels qui s'étaient produits la veille. Je lui ai raconté que le soir précédent, Mitsuko avait avalé en cachette un remède, conseillé dans le livre et dont les effets se ressentaient juste à ce moment-là, provoquant une douleur de plus en plus aiguë. J'ai ajouté différents détails.

120

– J'ai moi aussi une responsabilité à assumer, ai-je dit. Je ne peux pas me défiler, même si j'en ai envie. J'ai donc dû rester près d'elle jusqu'à maintenant.

Voilà comment je me suis tirée d'embarras.

16

– Aujourd'hui aussi, je vais lui rendre une petite visite. Si je la néglige, j'aurai des remords. Maintenant, je suis embarquée dans cette histoire.

Pendant cinq ou six jours, nous nous donnions rendez-vous quotidiennement. Cependant je me disais :

« Ce serait si bien si on pouvait rester ensemble deux ou trois heures par jour dans un endroit où personne ne pourrait nous découvrir. »

Et je le lui ai répété. Elle m'a répondu :

– Dans ce cas, c'est le centre d'Osaka qui conviendrait le mieux... on est plus aisément incognito dans une grande ville que dans un endroit solitaire... Tu te rappelles l'auberge où tu m'as apporté le kimono ? Ce sont des gens sûrs, on peut y aller en toute tranquillité... Qu'en dis-tu ?

Cette auberge de Kasayamachi m'avait laissé un souvenir inoubliable et amer. J'avais bien l'impression qu'elle voulait mettre à rude épreuve mes sentiments, mais je lui ai dit :

– Tu as une bonne idée. C'est peut-être un peu gênant, mais allons-y, si tu veux.

Je l'ai suivie la mort dans l'âme, sans avoir la

force de me mettre en colère, mais en lui révélant l'étendue de ma faiblesse. Toutefois, mon malaise n'a duré qu'un jour, puis je m'y suis habituée et les femmes de chambre ont appris à téléphoner chez moi pour expliquer mes retards. Nous avions donc fini par nous y rendre séparément : de là, nous nous téléphonions et Umé pouvait nous y appeler en cas d'urgence... Et encore ce n'est rien : chez Mitsuko, non seulement Umé, mais aussi sa mère et les autres domestiques connaissaient ce numéro et parfois m'appelaient ou appelaient Mitsuko. Elle avait dû mentir à ses parents et, en effet, un jour où j'étais arrivée avant elle et où je l'attendais, j'ai entendu une servante qui répondait au téléphone :

– Oui, c'est cela... Non, c'est-à-dire que nous l'attendons depuis quelque temps... elle n'est pas encore arrivée... oui, oui, je ferai la commission... Non, pensez-vous !... C'est plutôt nous qui devons vous remercier de l'accueil que vous réservez à Madame qui vient toujours chez vous...

Tout cela me paraissait bien étrange. Je lui ai donc demandé :

– On vous appelait de chez les Tokumitsu ?

– Exactement, m'a-t-elle répliqué, en étouffant un petit rire.

– Tu viens de dire : « Madame qui vient toujours chez vous. » Puis-je savoir pourquoi tu racontes cela ?

Et en pouffant, voilà qu'elle me lance :

– Mais comment, Madame, vous ne saviez pas ? Je fais semblant d'être votre servante.

Je l'ai soumise à un interrogatoire et j'ai ainsi appris qu'ils avaient raconté que nous étions dans un de nos bureaux d'Osaka.

– La servante m'a raconté que... etc. Est-ce que c'est vrai ? ai-je demandé à Mitsuko.

– Parfaitement, m'a-t-elle répondu sans broncher. J'ai dit que vous aviez deux bureaux, l'un à Imabashi et l'autre dans un quartier du sud et j'ai donné ce numéro. Tu devrais raconter la même chose, chez toi, non ? Tu n'as qu'à dire que c'est une succursale de Semba. Ou bien, si tu préfères ne pas dire que c'est une de nos maisons, raconte n'importe quoi.

C'est ainsi que, peu à peu, je me suis enfoncée dans un gouffre dont je n'allais plus pouvoir sortir :

« Ce n'est pas bien, me disais-je, mais à présent, il n'y a plus rien à faire. »

Je commençais à comprendre que Mitsuko se servait de moi, qu'elle m'appelait continuellement grande sœur, grande sœur, mais qu'en réalité, elle se moquait de moi. – Tenez, je me rappelle qu'un jour, Mitsuko m'avait déclaré :

– L'instant où je me sens le plus orgueilleuse, c'est quand je suis adorée, plus encore que par un homme, par une femme. Quoi de plus normal qu'un homme en voyant une femme soit sensible à sa beauté, mais réussir à envoûter une autre femme, cela me pousse à me demander : « Est-ce que je suis si belle que cela ? » Et je deviens folle de bonheur !

Bien sûr, elle s'amusait, rien que par vanité, à s'emparer de l'amour que je réservais à mon mari. Et pourtant, je savais bien à quel point l'esprit de Mitsuko était accaparé par Watanuki. Mais, quoi qu'il dût arriver, je sentais que je ne pourrais plus me séparer d'elle et tout en le sachant, je faisais semblant de ne pas m'en être aperçue : toute jalouse que j'étais au fond de moi, je n'aurais jamais prononcé la première syllabe de Watanuki et je faisais mine de rien. Elle avait compris que j'étais dans une position de faiblesse et elle avait beau m'appeler grande sœur, c'était bien moi qui me comportais en petite sœur, en la flattant. Un jour, dans cette auberge où nous nous retrouvions quotidiennement, Mitsuko m'a proposé :

– Grande sœur, tu n'aimerais pas revoir une fois Watanuki ? Je ne sais pas ce que tu en penses, mais il est vraiment désolé de ce qui s'est passé et il m'a demandé d'arranger une rencontre entre nous. Tu sais, ce n'est pas un mauvais garçon, je suis certaine que vous finirez par sympathiser.

– Je comprends qu'il ait envie que nous nous revoyions. S'il insiste, je n'y vois aucun inconvénient. Puisque tu l'aimes, Mitsuko, moi aussi, je l'aimerai.

– Bien sûr, sans aucun doute. Alors, tu voudras le rencontrer aujourd'hui même ?

– Quand tu voudras. Où se trouve-t-il ?

– Il est ici, dans cette auberge. Il y a déjà un moment.

Je me doutais que tout était plus ou moins préparé.

– Dis-lui de nous rejoindre, ai-je acquiescé.

Il est tout de suite entré.

– Ah, grande sœur, vous voilà.

Il ne m'appelait donc plus Madame, mais grande sœur, et dès qu'il m'a vue, paraissant intimidé, il a pris une contenance respectueuse et m'a dit :

– Je vous demande mille fois pardon, pour l'autre soir...

Vous voyez, la première fois où nous nous étions rencontrés, comme je l'ai précisé, c'était en pleine nuit et il portait un kimono qui ne lui appartenait pas. Cette fois-ci, en revanche, c'était en plein jour et il portait une veste bleue et un pantalon blanc en crêpe de coton : j'avais l'impression d'avoir une tout autre personne en face de moi. Il devait avoir vingt-sept ou vingt-huit ans, il avait le teint plus clair qu'il ne m'avait semblé la dernière fois. « C'est vraiment un beau garçon », ai-je pensé. Mais, à vrai dire, il avait le visage inexpressif, beau comme pourrait l'être un portrait, d'une beauté qui n'avait rien de moderne.

– Tu ne trouves pas qu'il ressemble à Tokihiko Okada[1] ? m'a demandé Mitsuko.

Mais il avait un visage beaucoup plus féminin que Tokihiko, il avait des yeux très minces avec des paupières plutôt gonflées. De temps à autre, il fronçait nerveusement les sourcils. Je ne sais pas pourquoi, mais il m'avait l'air un peu fourbe.

– Eijirô, ne te crispe pas comme ça. Grande sœur ne s'en est pas du tout formalisée.

Mitsuko faisait tout son possible pour détendre l'atmosphère, mais moi, je continuais à le trouver antipathique et, malgré mes efforts, je ne parvenais pas à me sentir à l'aise. Watanuki avait dû s'en apercevoir, parce qu'il restait assis avec raideur, le visage fermé et sombre. Il n'y avait que Mitsuko qui souriait et s'amusait de la situation :

1. Célèbre acteur de cinéma (1903-1934). De son vrai nom Eiichi Takahashi. Il commença sa carrière à Tôkyô en 1925 dans la compagnie Nikkatsu. Sa beauté moderne et son apparence citadine en firent une étoile. Il a tourné dans *La femme qui a touché mes pieds*, *Le chœur de Tôkyô*, *La cascade de fils blancs*. C'était un ami de l'auteur. *(N.d.T.)*

– Qu'est-ce que tu as, Eijirô ? Tu es vraiment bizarre.

Elle lui lançait un regard lourd de sens et plein de sévérité.

– Pourquoi fais-tu cette tête ? Ce n'est pas très aimable pour grande sœur.

Elle lui a pincé la joue.

– Tu veux savoir la vérité, grande sœur ? Il est jaloux.

– C'est un mensonge, c'est un mensonge. Ce n'est pas vrai. Il s'agit d'un malentendu, a-t-il protesté.

– Ce n'est pas un mensonge. Tu veux que je répète ce que tu m'as dit il y a quelque temps ?

– Et qu'est-ce que j'ai dit ?

– « Je regrette d'être né homme. J'aurais aimé naître femme, comme grande sœur. » Tu n'as pas dit cela ?

– Si, je l'ai dit... Mais cela n'a rien à voir avec de la jalousie.

Ils se sont chamaillés, mais peut-être s'étaient-ils entendus pour me flatter. J'aurais trouvé ridicule de me prêter à leur jeu et j'ai préféré me taire.

– Est-ce que tu ne pourrais pas éviter de me ridiculiser devant grande sœur ?

– Et alors, pourquoi est-ce que tu n'essaies pas d'être plus gai, toi-même ?

Ils se parlaient sur un ton mièvre et gluant, en mettant un terme à leurs chamailleries d'amoureux jaloux. Enfin, nous sommes sortis tous les trois ensemble pour déjeuner dans un restaurant et pour aller au cinéma, mais nous n'étions pas sur la même longueur d'onde.

17

Tiens, j'avais oublié un détail : j'avais donné, chez moi, le numéro de téléphone de l'auberge de Kasayamachi en prétendant qu'il s'agissait de la maison d'une maîtresse du père de Mitsuko.

– Mais enfin, pourquoi est-ce que tu ne dis pas plutôt que c'est une succursale de Semba ? m'avait conseillé Mitsuko.

Il aurait paru bizarre de choisir un magasin pour lieu de rendez-vous. J'avais presque décidé de raconter qu'elle avait été hospitalisée, mais de toute façon, elle ne pouvait pas rester tout le temps en clinique. Et puis, nous aurions été terriblement embarrassées, si mon mari avait eu l'idée de venir me prendre en sortant du bureau.

Un jour, alors que je me creusais la cervelle pour trouver un endroit plausible, c'est Umé qui a eu cette idée. Naturellement, il fallait laisser croire que Mitsuko était encore enceinte, que le remède n'avait pas produit d'effet, que le médecin avait refusé de l'opérer, que, comme son ventre était de plus en plus gros, elle avait décidé de tout avouer à sa mère et qu'elle avait été finalement confiée à la garde de la maîtresse de son père jusqu'à la naissance de l'enfant. Il suffisait de dire que cette maîtresse logeait à l'auberge de la *Margelle du puits,* à Kasayamachi. Ainsi, au cas où mon mari aurait vérifié dans l'annuaire, il aurait constaté que le numéro correspondait effectivement au nom et s'il venait me prendre, rien ne lui paraîtrait anormal.

– Alors, comme ça, quand je viendrai chez toi, je mettrai un coussin sous ma robe pour faire semblant d'être enceinte, n'est-ce pas, grande sœur ?

Nous riions de bon cœur. Nous avions pris cette décision, parce qu'elle était la moins risquée.

– Ah bon ? Mitsuko est « dans une position intéressante » ? a demandé mon mari, convaincu que c'était vrai et paraissant sincèrement désolé pour elle.

– Tu m'as bien recommandé de ne pas l'aider dans cette sale histoire. Malgré ses supplications, je ne lui ai donné aucun conseil. On lui a dit de ne plus sortir de la maison jusqu'à la naissance de l'enfant et de rester cachée. Elle est pratiquement séquestrée et elle s'ennuie à mourir. Elle me demande de lui tenir compagnie tous les jours. Qu'est-ce que je peux faire ?... Je n'ai plus envie qu'elle m'en veuille : si je l'abandonne, j'aurai mauvaise conscience.

– Sans doute, mais si tu t'en mêles trop, ça finira par retomber sur toi.

– Oui, c'est ce que je me suis dit. Mais cette fois-ci, elle a vraiment beaucoup changé, parce qu'elle a terriblement souffert. Elle dit que puisque c'est comme ça, il ne lui reste plus qu'à épouser Watanuki. Elle est devenue beaucoup plus stable et j'ai l'impression que sa famille est consentante. Mais pour l'instant, personne ne va la voir. « Tu es mon

129

seul soutien », me dit-elle. Elle n'a que ce qu'elle mérite, mais elle me fait de la peine. Elle m'a répété la dernière fois aussi : « Ecoute-moi, grande sœur, quand le bébé sera né, il n'y a aucune raison que tu sois impliquée dans le moindre malentendu. J'ai l'intention d'aller présenter mes excuses avec Watanuki à ton mari et, à partir de maintenant, nous serons comme deux vraies sœurs, non ? » C'est ce qu'elle me disait encore l'autre jour.

Mais mon mari n'avait pas l'air complètement convaincu.

– Tiens-toi sur tes gardes, tout de même.

Et il tolérait nos rencontres. A partir de ce moment, on m'appelait sans retenue de Kasayamachi et on demandait :

– Est-ce que Madame est là ?

Et de mon côté, je pouvais lui téléphoner sans crainte. Il arrivait même à mon mari de m'appeler quand je restais à l'auberge jusqu'à l'heure du dîner.

– Tu en as encore pour longtemps ? s'impatientait-il.

J'étais reconnaissante à Umé pour son idée de génie.

Quant à Watanuki, je ne l'avais plus revu depuis ce jour où nous nous étions regardés en chiens de faïence, car, en dépit des efforts de conciliation de Mitsuko, nous n'avions pas confiance l'un dans l'autre et aucun de nous ne faisait un pas vers l'autre. Mitsuko, elle-même, semblait s'être résignée à l'incapacité d'améliorer nos rapports. En tout cas, quinze jours après notre sortie ensemble au cinéma, Mitsuko m'a demandé vers cinq heures et demie, alors que nous nous étions amusées durant tout l'après-midi :

– Grande sœur, ça ne t'ennuierait pas de revenir avant moi ? J'ai encore une course à faire.

J'avais l'impression qu'elle voulait me renvoyer, mais j'y étais habituée, et je ne me suis pas mise en colère.

– Bon, eh bien, je m'en vais, ai-je dit.

Quand je suis sortie dans la ruelle, j'ai entendu quelqu'un qui m'appelait à voix basse :

– Grande sœur...

Je me suis retournée et j'ai vu Watanuki.

– Grande sœur, vous rentrez ?

– Oui. Dépêchez-vous, Mitsu vous attend, ai-je répliqué, sur un ton volontairement ironique.

Et j'ai continué mon chemin jusqu'à Sôuemon, en pensant prendre un taxi.

– S'il vous plaît... s'il vous plaît... m'a-t-il lancé, en me rejoignant. J'ai quelque chose à vous racon-ter. Si vous le permettez, nous pourrions marcher par ici pendant une petite heure.

– D'accord, j'écouterai ce que vous avez à me dire, mais je vous rappelle qu'elle vous attend.

– Dans ces conditions, je vais la prévenir, m'a-t-il répondu.

Nous sommes entrés dans le salon de thé le *Jardin des pruniers* et nous avons commandé une pâte de haricots. Pendant que je mangeais, Watanuki est allé donner son coup de téléphone et puis nous avons pris la direction du nord, par l'avenue du mont Tazaemon, tout en conversant.

– Je lui ai dit que j'aurais un retard d'une heure environ, à cause d'un problème de dernière minute. Cela ne vous ennuie pas de garder secrète

131

notre rencontre ? Si vous ne me le jurez pas, je n'aurai jamais confiance en vous.

– Quand on me fait promettre de ne pas parler, je tiens ma promesse, quoi qu'il arrive. Mais parfois, à force de rigueur, on se retrouve floué...

– Grande sœur, vous pensez donc que c'est moi qui manipule Mitsuko dans ses moindres agissements ? Je sais que vous devez avoir vos raisons de le penser.

Il a soupiré en baissant la tête.

– C'est justement de cela que j'aimerais vous parler, a-t-il ajouté. Qui pensez-vous que Mitsuko aime le plus, vous ou moi ? Vous imaginez peut-être que vous êtes tournée en dérision et utilisée par nous, mais moi aussi, j'ai la même impression, en ce qui me concerne. Je suis vraiment jaloux. Bien sûr, Mitsuko prétend que vous êtes bien pratique pour donner le change à ses parents et qu'elle vous utilise comme un objet : mais quel besoin y a-t-il de continuer à vous utiliser ? Votre présence ne serait-elle pas plutôt une gêne entre nous ? Si Mitsuko m'aimait vraiment, est-ce qu'elle ne m'aurait pas épousé depuis longtemps ?

Je l'écoutais avec la plus grande attention : il paraissait très sérieux et ce qu'il disait se tenait.

– Mais peut-être Mitsuko ne peut-elle vous épouser, simplement parce que sa famille s'y oppose, vous ne croyez pas ? Elle me répète toujours qu'elle voudrait se marier le plus vite possible.

– Ce sont des mots en l'air. Il est vrai que sa famille s'y oppose. Mais il y aurait certainement moyen de persuader ses parents, si elle y mettait de la bonne volonté. Surtout maintenant, dans son état physique, qui d'autre pourrait-elle épouser ?

132

Mais alors, Mitsuko était vraiment enceinte !
« Comme c'est étrange ! » ai-je pensé tout en conti-
nuant à l'écouter.

– D'après Mitsuko, son père est furieux et dit
qu'il ne peut donner sa fille qu'à un capitaliste qui
gagne plus d'un million de yens par an et qu'il
n'est pas question pour lui de la céder à un sans-
le-sou. Quand le bébé sera né, dit-il, ils le feront
adopter par une famille. Cela ne vous paraît-il pas
insensé ? C'est surtout le bébé qui me fait de la
peine. Il s'agit de la défense des droits de
l'homme, tout de même ! Qu'en pensez-vous,
grande sœur ?

– Je suis surtout stupéfaite d'apprendre la grossesse de Mitsuko. Y a-t-il eu des symptômes ?

– Comment ? Vous n'étiez pas au courant ?

Il m'a dévisagée d'un œil perplexe, comme s'il
voulait pénéter mes pensées les plus profondes.

– Je n'en savais absolument rien. Mitsuko ne
m'en a pas soufflé mot.

– Vraiment ? Mais enfin, elle n'est pas venue
chez vous, pour que vous l'aidiez à avorter ?

– Oui, mais je pensais que ce n'était qu'un prétexte pour renouer avec moi. J'ai pensé que cette
grossesse était inventée de toutes pièces. Il est
cependant vrai que j'ai dit, chez moi, que Mitsuko
était enceinte et que, pour cette raison, je devais
lui rendre de fréquentes visites.

Watanuki s'est contenté de faire :

– Ah bon ?

Mais il avait les yeux injectés de sang et ses
lèvres avaient pâli.

18

– Enfin pourquoi Mitsuko s'entête-t-elle à cacher sa grossesse ? Surtout avec vous, elle n'a pas à mentir. Vraiment, vous ne le saviez pas, grande sœur ?

Il paraissait douter de ma sincérité et répétait la même question. Mais vraiment, je ne le savais pas. Il affirmait que Mitsuko en était déjà au troisième mois et qu'elle s'était même rendue chez un médecin. Et, par conséquent, quand elle avait mis en scène cette hémorragie, elle était déjà enceinte. En tout cas, une personne inexpérimentée ne peut pas s'apercevoir d'une grossesse de trois mois seulement. Et puis, Mitsuko m'avait affirmé sans l'ombre d'un doute :

– Il est impossible que je reste enceinte.

Je croyais que tout ce qui était arrivé ce jour-là n'était qu'une comédie, mais si Watanuki disait vrai, Mitsuko m'avait menti pour me ménager.

– Pourquoi a-t-elle dit qu'elle ne pouvait pas être enceinte ? insistait Watanuki. Est-ce qu'elle a appliqué les méthodes de ce livre ? Ou s'agit-il d'une malformation physique ?

Moi, devant Mitsuko, j'avais toujours essayé par

tous les moyens d'éviter de parler de lui, je ne lui avais rien demandé en particulier... elle n'avait pu s'empêcher de rire en disant :

– Alors, quand je viendrai chez toi, je mettrai un coussin sous ma robe pour faire semblant d'être enceinte, n'est-ce pas, grande sœur ?

Je n'aurais jamais imaginé qu'elle fût réellement enceinte. Et je le lui ai dit. Il m'a répondu que Mitsuko ne pensait pas sérieusement au mariage et que, comme la révélation de sa grossesse l'aurait contrainte à se marier, elle essayait de la tenir secrète le plus longtemps possible.

– En tout cas, c'est mon avis, a-t-il conclu.

D'après Watanuki, Mitsuko préférait à l'amour d'un homme celui d'une femme, elle m'aimait mieux que lui et elle n'avait donc aucune envie de se marier. Elle pensait que si elle se mariait et si elle avait des enfants, elle me perdrait peut-être et elle renvoyait de jour en jour sa décision, en se demandant s'il fallait se débarrasser de ce bébé, ou mener l'homme au comble de l'écœurement. Ma paranoïa m'empêchait peut-être d'admettre que j'étais tant aimée, mais il insistait :

– Non, c'est comme ça, je vous assure, c'est comme ça. Vous avez de la chance, grande sœur. Hélas, moi, je suis né sous une mauvaise étoile !

Il déclamait, comme s'il avait été sur scène et il paraissait sur le point d'éclater en sanglots. Dès notre première rencontre, je l'avais trouvé efféminé. En parlant, il était veule et manquait de virilité, il insistait de manière agaçante et il avait l'habitude de vous fixer en biais, avec un regard méfiant. Je me doutais bien que Mitsuko ne l'aimait pas tant que ça. Le soir où on leur avait

135

volé leurs vêtements, à Kasayamachi, il ne m'aurait pas appelée s'il n'en avait tenu qu'à lui. Il lui avait expliqué qu'elle n'avait qu'à prendre sur elle, à rentrer chez ses parents avec un kimono qu'elle aurait emprunté à une femme de chambre à l'hôtel et à tout avouer à ses parents :

« Pour telle ou telle raison, il y a un homme avec lequel je me suis engagée solennellement. »

Ses parents se seraient inclinés devant le fait accompli et leur auraient permis de se marier sous peu. Ou bien, ils auraient même pu faire une fugue sans rien craindre, s'ils étaient réellement décidés. Faire appel à grande sœur, qui ignorait tout, dans un pareil moment... Comment Mitsuko avait-elle pu avoir cette audace ? Et puis, bien sûr, même si j'avais été appelée, je n'aurais jamais voulu venir. Mais Mitsuko n'avait cessé de répéter :

– Si je n'ai pas mon kimono cette nuit, je ne pourrai jamais rentrer.

Elle ne voulait rien entendre.

– Pourquoi ne nous enfuirions-nous pas ? lui avait-il proposé.

Mais Mitsuko avait répondu :

– Si nous faisions une chose pareille, la situation empirerait. Je trouverai bien un prétexte et je te montrerai bien que je suis capable de faire venir grande sœur. Si c'est moi qui le lui demande, elle ne refusera pas. Même si elle se met en colère, je saurai la tromper.

Et elle était allée me téléphoner.

– Mais il y avait quelqu'un qui était près de l'appareil et qui lui soufflait ce qu'elle avait à dire, ai-je rappelé, alors.

– Évidemment, j'étais à ses côtés, simplement parce que j'étais inquiet.

Tout en bavardant, nous avions traversé, sans nous en apercevoir, le pont de Sankyû et nous étions parvenus jusqu'à Honmachi. Nous nous sommes dit que nous pouvions continuer à parler un peu et nous avons dépassé la voie ferrée en direction de Kitahama. Jusque-là, je m'étais contentée d'imaginer la situation du point de vue de Mitsuko et quoi qu'il arrivât, je pensais que ce n'était que la faute de Watanuki, mais à en juger d'après ce que j'avais vu à cette occasion, il n'était pas menteur comme je l'avais pensé ; son manque de virilité, sa méfiance continue n'étaient peut-être pas seulement des traits de son caractère, mais ils étaient peut-être causés par l'attitude de Mitsuko. Moi-même, du reste, je ressentais un certain complexe à avoir été trompée par elle d'une manière si éhontée... A bien y réfléchir, Watanuki m'avait l'air très raisonnable et il semblait solliciter ma compréhension avec sincérité, en dépit d'une certaine défiance. Mais il m'était évidemment impossible d'admettre que Mitsuko me préférât à lui.

– Vous vous trompez, monsieur Watanuki, vous vous faites trop de bile, lui ai-je dit pour le consoler.

– Non, a-t-il protesté. J'aimerais bien le penser, mais ce n'est pas du tout cela. Vous, grande sœur, vous ne connaissez pas la véritable nature de Mitsuko.

Mitsuko se serait amusée à me laisser croire qu'elle aimait Watanuki et à Watanuki qu'elle m'aimait. Mais au fond, disait-il, c'était moi qu'elle préférait, parce que autrement elle n'aurait pas inventé cette histoire de la clinique pour pouvoir me rencontrer à nouveau, alors que nous avions pratiquement rompu.

– Mais enfin, qu'est-ce que Mitsuko vous a dit, à ce moment-là ? Comment s'y est-elle prise pour renouer ? Elle m'en a parlé par la suite, mais je ne sais rien de précis.

Je lui ai raconté dans le détail l'incident de l'hémorragie.

– Quoi ? Quoi ? s'exclamait-il, abasourdi. Jamais je ne me serais imaginé qu'elle pût inventer une telle mise en scène. Effectivement, elle attendait un enfant. Mais, moi, j'étais d'avis de le garder et je lui ai conseillé de ne pas avaler de médicaments et de ne pas utiliser de moyens non naturels, et d'ailleurs j'ai été furieux, plus tard, d'apprendre qu'elle était venue chez vous, vous demander conseil. Il se peut très bien qu'elle ait pris un médicament en cachette, mais ces douleurs et cette hémorragie sont sans aucun doute fictives. Mais enfin, qu'est-ce que cela pouvait être, cette espèce de sang ?

Il soutenait que Mitsuko n'aurait jamais agi ainsi et risqué tant, rien que pour renouer avec moi, si elle ne m'avait pas aimée. Cela se pouvait bien, mais alors pourquoi continuait-elle à le voir, lui ? Si elle éprouvait vraiment de l'amour, n'aurait-il pas été naturel qu'elle abandonnât Watanuki ? Je lui ai fait part de mes doutes et il m'a expliqué que Mitsuko, même si elle pensait : « Ah, comme je l'aime ! » de quelqu'un, ne montrerait jamais sa faiblesse, mais qu'elle ferait seulement en sorte que l'autre tombe amoureux d'elle. Elle se prenait pour la beauté du siècle, elle était orgueilleuse et elle était triste s'il n'y avait pas quelqu'un prêt à l'adorer. Elle pensait que c'était pour elle déchoir que de faire le premier pas. C'est pourquoi, pour me rendre jalouse et garder le beau rôle et sa suprématie, elle s'était servie de Watanuki.

– Et puis, autre chose la retient : elle craint que je ne fasse l'irréparable si elle m'abandonne. Notre rapport est devenu tel qu'elle n'osera plus nous mettre à l'épreuve, mais si elle tentait quoi que ce fût, je me vengerais, quitte à sacrifier mon honneur et ma vie.

Et tout en me parlant, il me fixait avec intensité, de son regard de serpent.

19

– Nous pouvons continuer encore un peu, grande sœur ?

– Oui, oui. Pour moi, il n'y a aucun problème.

– Nous pourrions peut-être rebrousser chemin, à présent ?

A partir de Kitahama, nous avons repris le même chemin, mais vers le sud.

– Au fond, elle nous a montés l'un contre l'autre et dans cette histoire, le perdant, ce sera moi.

– Je ne crois pas, ai-je répondu. Même si nous nous aimons passionnément, Mitsuko et moi, nous ne sommes pas dans la voie de la nature. Si quelqu'un doit être abandonné, ce sera moi. Même la famille de Mitsuko aura pitié de vous, alors que moi, je n'aurai la sympathie de personne.

– Mais je crois que votre rapport est justement le plus intéressant, parce qu'il est contre nature. Parce que pour ce qui est des partenaires de mon sexe, elle en trouvera des tas, tandis qu'elle ne pourra vous remplacer par personne, grande sœur. C'est pourquoi elle peut me plaquer d'un jour à l'autre, tandis que vous n'avez rien à craindre.

Ah, c'est vrai, ce n'est pas tout ce qu'il a dit, il a aussi ajouté que quel que soit l'homme qu'elle épouserait, elle pourrait poursuivre sa relation homosexuelle. Elle pouvait passer d'un mari à l'autre sans que notre liaison en fût affectée : l'amour qui nous unissait, Mitsuko et moi, était éternel, plus encore qu'un lien conjugal.

– Ah, comme je suis malheureux ! a-t-il gémi.

Et il a répété une fois encore sa réplique. Après un moment de réflexion, il m'a dit :

– Ecoutez, grande sœur, je voudrais que vous me disiez toute la vérité : qui préféreriez-vous que Mitsuko épouse, moi ou un autre ?

Bien sûr, si elle devait se marier, mieux valait que ce fût avec Watanuki, qui était au courant de notre situation. C'est ce que je lui ai répondu.

– Alors, il n'y a aucune raison que nous nous considérions comme des ennemis.

Il a ajouté que désormais nous devions nous associer, cesser d'être jaloux et nous aider mutuellement, pour éviter de faire des bêtises. – En effet, Mitsuko nous avait manipulés à son gré parce que nous étions séparés. Est-ce que je ne pensais pas qu'il valait mieux que nous trouvions un moyen de nous rencontrer plus souvent ? Evidemment, il fallait d'abord que nous nous mettions bien d'accord et que nous reconnaissions nos positions respectives. Pour plagier Mitsuko, il n'y avait aucune raison d'être jaloux, puisque l'amour homosexuel était d'une nature tout à fait différente de l'amour hétérosexuel. C'était commettre une erreur que de penser que l'on pouvait garder pour soi une créature aussi belle. Il aurait été même naturel d'être cinq ou dix à la vénérer : ne la partager qu'à deux, c'était déjà du luxe. Il était le seul homme et j'étais la seule femme : qui, au monde, pouvait s'estimer plus heureux que nous ? Il nous fallait garder présente à l'esprit l'idée que ce bonheur, nous devions le conserver à jamais, pour qu'aucun étranger ne nous le dérobe :

– Qu'en pensez-vous, grande sœur ?

– Si vous êtes de cet avis, je tiendrai ma promesse.

– Si vous n'aviez pas accepté de devenir mon alliée, j'avais pensé à rendre publique cette histoire : j'aurais gâché ma vie, mais la vôtre aussi, grande sœur. C'est un réel soulagement que d'apprendre que vous m'approuvez. Vous êtes comme une grande sœur pour Mitsuko et au fond vous l'êtes aussi pour moi. Puisque je n'ai pas de sœur, je m'occuperai de vous comme si vous faisiez partie de ma famille. Je vous prie de me regarder comme votre petit frère et, si vous avez le moindre ennui, il faudra me le confier. Je sais que je suis un adversaire terrible, que je suis capable de n'importe quoi, mais comme allié, je ne me ménagerai pas, grande sœur, je suis prêt à donner ma vie pour vous. Si grâce à vous, je réussis à épouser Mitsuko, je servirai vos intérêts, quitte à renoncer à l'intimité conjugale.

– Sincèrement, vous iriez jusque-là ?

– Absolument. Je suis un homme. Je vous en serai reconnaissant pour le restant de mes jours.

Nous avions atteint le *Jardin des pruniers*. Nous nous sommes quittés après nous être serré vigoureusement la main et nous nous sommes promis de nous donner rendez-vous au *Jardin des pruniers*, quand le besoin s'en présenterait.

Au retour, en reprenant la route, je sentais mon cœur palpiter de bonheur. – Mitsuko m'aimait donc à ce point ! Elle me préférait à Watanuki ! Mon dieu et si ce n'était qu'un rêve ? – La veille encore, j'étais convaincue qu'ils m'utilisaient tous les deux comme un jouet, mais la situation avait changé et je me sentais absolument déboussolée. En réfléchissant aux révélations que m'avait faites Watanuki, je me suis dit que si elle ne m'aimait pas, elle n'aurait pas fait un tel scandale et puisqu'elle avait déjà un fiancé, elle n'aurait pas voulu faire ma connaissance. – Peu à peu, je remontais dans le temps, jusqu'aux débuts de notre liaison. Quand s'étaient répandus ces bruits pénibles sur le véritable modèle de Kannon, Mitsuko avait probablement déjà remarqué mon attitude et quand nous nous croisions dans la rue, elle avait dû penser : « Cette fille a le béguin pour moi. » Elle avait attendu que l'occasion se présentât de me conquérir. Si j'y repense bien, c'est moi qui lui ai adressé la parole la première, mais elle qui, d'ordinaire, gardait ses distances, m'avait dévisagée avec un sourire radieux et moi, qu'elle avait conquise, j'avais prononcé quelques mots. Quand je la contemplais nue, c'est bien moi qui lui avais demandé de se déshabiller, mais c'est elle qui me l'avait proposé et qui m'avait incitée à le lui demander : – j'avais beau adorer Mitsuko, je ne réussissais pas à comprendre comment j'en étais arrivée là. A un moment où mon mari ne me satisfaisait pas, les rumeurs de l'école avaient agi à rebours et elle, qui avait senti en moi une proie facile, avait influencé ma volonté à mon insu. Peut-être la proposition de mariage n'était-elle qu'un

143

prétexte. J'avais l'impression que tout en m'attirant dans ses rets, elle voulait me laisser croire que je l'avais aguichée. – Bien sûr, je ne devais pas me fier à Watanuki sur tout le tableau : c'était tout de même lui qui avait commandé Mitsuko, le soir où on leur avait volé les kimonos. Et ce coup de téléphone de la clinique S. K., cette voix d'homme, à qui d'autre pouvait-elle appartenir qu'à Watanuki, le seul qui pût lui demander de faire une chose pareille ? Si je commençais à avoir des doutes, bien des détails pouvaient paraître bizarres : et d'abord, pourquoi m'avait-elle caché qu'elle était enceinte ? Se comporter avec une telle dureté après m'avoir angoissée aussi longtemps, cela signifiait qu'en effet elle ne se souciait guère de moi. Il se pouvait très bien que Watanuki m'eût confié ce secret pour refroidir mes rapports avec Mitsuko. A moins qu'il n'eût l'intention de me transformer provisoirement en alliée, de manière que je ne lui fisse pas obstacle et qu'une fois marié il pût m'éloigner ? Plus je réfléchissais, plus mes doutes s'imposaient. Mais, au bout de quatre ou cinq jours, je l'ai trouvé à nouveau qui m'attendait dans la ruelle.

– S'il vous plaît, s'il vous plaît... grande sœur, j'aimerais vous dire un mot, aujourd'hui... est-ce que cela ne vous ennuie pas de m'accompagner au *Jardin des pruniers* ?

Je l'ai suivi et nous sommes montés dans une chambre du premier étage du salon de thé, où il m'a dit :

– Jusqu'ici, nous nous sommes contentés d'un engagement verbal, mais vous n'avez pas de preuve matérielle suffisante pour me faire confiance et moi-même je suis inquiet. Nous devrions échanger un serment écrit pour faire taire nos doutes. Pour tout dire, j'ai déjà préparé ceci.

Il a sorti alors de sa poche deux exemplaires d'une espèce de contrat... Tenez, voilà, regardez ceci, c'est le serment écrit en question.

(*Note de l'auteur* : J'éprouve ici la nécessité de présenter le contenu du serment écrit, non seulement par une exigence d'ordre narratif, mais parce que le document suggère le caractère de celui qui l'a rédigé, c'est-à-dire Watanuki. Je le propose donc diligemment au lecteur dans son intégralité.)

Serment écrit

Sonoko KAKIUCHI. Née le 8 mai 1904. Demeurant au °°° Kôroen, Nishinomiyashi, Hyôgo-ken. Epouse de Kôtaro KAKIUCHI, avocat, licencié en droit.

Eijirô WATANUKI. Né le 21 octobre 1901. Demeurant au °°° 5 Awaji-chô, Higashi-ku, Osaka. Second fils de Chôsaburô WATANUKI, employé de bureau.

Les soussignés, Sonoko Kakiuchi et Eijirô Watanuki, vu les intérêts respectifs qui les lient intimement, l'un et l'autre, à Mitsuko TOKU-MITSU, s'engagent, à partir de ce jour, 18 juillet 192., à entretenir un rapport de fraternité, en rien différent de celui de la parenté, aux conditions suivantes :

1) Sonoko Kakiuchi sera considérée comme grande sœur et Eijirô Watanuki comme petit frère dans la mesure où, bien que plus âgé, ce dernier

est destiné à devenir l'époux de la petite sœur de la première.

2) La grande sœur reconnaîtra au petit frère le statut de fiancé de Mitsuko Tokumitsu. Le petit frère reconnaîtra à la grande sœur son amour sororal pour Mitsuko Tokumitsu.

3) La grande sœur et le petit frère seront constamment alliés pour se défendre mutuellement de manière que l'amour de Mitsuko Tokumitsu ne se transfère pas sur un tiers, la grande sœur s'efforcera de faciliter le mariage officiel du petit frère et de Mitsuko. Le petit frère, même après son mariage, ne contestera nullement la liaison existant entre la grande sœur et Mitsuko Tokumitsu.

4) Si un des deux contractants est abandonné par Mitsuko, l'autre partagera son sort, à savoir, si le petit frère est abandonné, la grande sœur rompra avec Mitsuko, si la grande sœur est abandonnée, le petit frère rompra ses fiançailles avec Mitsuko. S'il est déjà marié, il divorcera.

5) L'un et l'autre s'engagent à ne pas prendre la fuite avec Mitsuko sans préavis, sans consentement réciproque, à ne pas disparaître avec elle et à ne pas se suicider avec elle.

6) L'un et l'autre, conscients que ce serment risque de faire naître l'hostilité de Mitsuko, garderont là-dessus le secret, jusqu'à ce que la nécessité de le révéler se présente. Si l'un des deux contractants désire le montrer à Mitsuko ou à un tiers, il devra d'abord consulter l'autre partie.

7) Si l'un des contractants viole ce serment, il devra être prêt à subir toute sorte de persécutions de la part de l'autre.

8) Le présent serment restera valable jusqu'à ce qu'un des contractants renonce volontairement à sa relation avec Mitsuko Tokumitsu.

Fait le 18 juillet 192.
Grande sœur Sonoko Kakiuchi (Sceau)
Petit frère Eijirô Watanuki (Sceau)

(Ce texte était écrit sur deux feuilles de papier japonais réformé, relié de bandes de papier entortillées, avec des petites lettres minutieusement calligraphiées au pinceau, une disposition méticuleuse d'idéogrammes, dont pas un seul point, pas un seul trait n'avait été repris. Plus d'un quart de la feuille avait été laissé en blanc : il devait avoir l'habitude d'écrire avec un soin scrupuleux et il ne lui avait pas été nécessaire d'y mettre une application particulière. La graphie pour un jeune homme moderne, non coutumier de l'usage du pinceau, n'avait rien de déshonorant, mais elle trahissait une certaine vulgarité de comptable. Seules leurs signatures, au bas de la feuille, avaient été ajoutées au stylo, au premier étage du *Jardin des pruniers,* et la signature de madame Kakiuchi était disproportionnée. Mais le plus terrible était constitué par des taches marron sous les signatures, comme de petits pétales imprimés sur le papier : on en voyait deux à cheval sur les deux plis de la feuille, là où les sceaux auraient dû être imprimés. C'est la veuve elle-même qui devait expliquer de quoi il s'agissait.)

– Qu'en pensez-vous, grande sœur ? Ces conditions vous conviennent-elles ? Si elles vous agréent, est-ce que cela ne vous ennuie pas d'apposer ici votre signature et votre sceau ? Si, en revanche,

147

vous pensez que quelque chose manque, n'hésitez pas à me le dire.

– Il est bien que tout soit fixé avec une grande exactitude, ai-je répondu, mais si un bébé devait naître, est-ce que Mitsuko et vous, ne penseriez pas seulement à votre foyer ? J'aimerais que vous envisagiez également cette éventualité.

– Comme vous pouvez le constater, d'après le troisième article qui dit : « Le petit frère, même après son mariage, ne contestera nullement la liaison existant entre la grande sœur et Mitsuko Tokumitsu », vous ne serez jamais sacrifiée aux intérêts familiaux. Si vous craignez autant la naissance d'un enfant, je suis prêt à mettre tous les ajouts que vous estimerez nécessaires. Que dois-je écrire ?

– Tant pis pour le bébé qui est dans le ventre de Mitsu, puisqu'il le faut pour le mariage, mais je voudrais que vous n'en ayez plus après votre mariage.

Il a réfléchi un instant, avant de déclarer :

– D'accord, nous ferons comme cela. Que faut-il écrire ? Différentes possibilités peuvent se présenter.

Il avait pensé à mille choses qui ne m'avaient pas effleuré l'esprit. – Regardez donc ce qui est écrit au stylo au dos de la deuxième feuille. C'est cela qui a été ajouté à ce moment-là.

(*Note de l'auteur* : Sur la dernière page de la feuille où était rédigé le serment, sous le titre *Clauses ajoutées,* on voyait les postilles suivantes : « Le petit frère, après son mariage avec Mitsuko Tokumitsu, prendra soin de ne pas causer de grossesse : si le moindre symptôme devait se présenter, il se conformerait aux instructions de la grande sœur, pour les mesures à prendre. » Et alors, apparemment, d'autres idées leur étaient venues, car ils avaient ajouté deux autres clausules : « Au cas où une grossesse aurait commencé avant le mariage, si, après le mariage même, il était possible d'intervenir, on devrait recourir à tout moyen propre à atteindre le but susdit. » « Si le petit frère ne peut pas garantir qu'il exécutera fidèlement avec la collaboration de sa femme ce qui est prescrit dans les clausules ajoutées, il ne pourra pas épouser Mitsuko. » Et là aussi, on remarquait des taches marron qui avaient imprégné le papier çà et là.)

Après avoir ajouté ces phrases, il a déclaré :

– Maintenant que tout est bien clair, nos sommes tranquilles. Mais en relisant le tout, je me suis aperçu que le contrat était beaucoup plus avantageux pour vous, grande sœur, que pour moi. J'espère que vous avez reconnu ma bonne foi.

Il a conclu :

– Allons, signez.

– Si vous le voulez, je peux signer, mais je n'ai pas sur moi mon sceau.

– Pour signer un serment de fraternité, le sceau normal ne sert à rien. Je suis désolé, mais vous devrez supporter un instant de douleur.

Et avec un sourire gouailleur, il a sorti quelque chose de sa manche.

20

– S'il vous plaît, est-ce que vous pouvez vous découvrir là ? Cela va vous faire mal, mais cela ne durera qu'un instant.

Tout en parlant, il a retenu fermement ma main dans la sienne : je pensais qu'il voulait simplement me piquer le bout du doigt, mais il a relevé ma manche jusqu'à l'épaule et il m'a entouré d'un mouchoir le haut et le bas du bras.

– Est-ce que vous pensez que pour un sceau il soit nécessaire de recourir à de tels moyens ? ai-je objecté.

– Il ne s'agit pas simplement d'un sceau, mais d'une promesse de fraternité.

Puis, il a retroussé une manche, à son tour et, collant son bras au mien :

– Vous êtes prête, grande sœur ? Il ne faut pas crier... Vous n'avez qu'à fermer les yeux et, en un instant, tout sera terminé.

Si j'avais refusé, je me demande à quoi je me serais exposée. Je voulais m'enfuir, mais il me tenait serrée par le poignet : j'ai vu briller quelque chose et j'ai commencé à me sentir mal.

« Une fois que j'aurai les yeux fermés, est-ce

qu'il ne va pas m'égorger ? », me suis-je demandé avec angoisse.

J'avais l'impression d'être déjà morte. J'ai essayé de me résigner et je me suis dit :

« S'il doit me tuer, il n'a qu'à le faire. »

J'ai senti un objet pointu m'effleurer la saignée, j'ai tressailli, sur le point d'avoir une attaque.

– Courage, courage ! m'a-t-il réconfortée, en me tendant son bras. Allez, buvez en premier. Imprimez votre marque ici, ici et là.

Et, prenant mon doigt, il l'a pressé de force sur la feuille.

Ce Watanuki me faisait vraiment peur : j'ai replacé, avec soin, dans le tiroir de la commode le serment et je l'ai enfermé à clé : j'avais l'intention de tenir mes promesses et j'essayais de ne rien laisser transparaître dans mon attitude, quoique j'en fusse désolée pour Mitsuko. Mais peut-être quand on cache quelque chose, ne réussit-on pas complètement à conjurer sa peur et à l'empêcher de se manifester, car, le lendemain, Mitsuko, en me dévisageant avec étonnement, m'a demandé :

– Comment t'es-tu blessée, grande sœur ?

– Je n'en sais trop rien. Peut-être hier soir ai-je été piquée par des moustiques. J'ai dû me gratter avec un peu trop d'insistance.

– Bizarre ! Eijirô a exactement la même blessure, au même endroit.

Alors, je me suis dit qu'on ne pouvait pas commettre le mal impunément et j'ai senti que je blêmissais.

– Grande sœur, est-ce que tu me cacherais quelque chose ? Dis-moi la vérité, comment t'es-tu fait cela ?

Et encore :

– Je vois bien de quoi il s'agit, même si tu veux me le cacher : tu n'aurais pas échangé une promesse avec Eijirô, à mon insu ?

Mitsuko avait l'art de dénoncer tout ce qui était suspect, elle m'avait confondue et je ne pouvais plus donner le change. J'ai gardé le silence, blanche comme un linge.

– J'ai raison, non, pourquoi ne pas l'admettre ? insistait-elle.

J'ai fini par apprendre que la veille, Watanuki était allé retrouver Mitsuko, qu'elle avait aperçu la blessure et que, depuis, elle n'avait cessé de penser qu'elle avait certainement raison. Elle m'a dit qu'il était impossible que nous nous soyons blessés le même jour, au même endroit.

– Grande sœur, pour toi, qui est le plus important, Eijirô ou moi ?

Et ensuite :

– Si tu me le caches, c'est qu'il y a quelque chose que tu ne veux pas que je sache.

Et enfin, comme s'il y avait en effet quelque chose de répréhensible entre Watanuki et moi :

– Je ne te laisserai pas repartir, tant que tu ne m'auras pas répondu clairement.

A ce moment-là, Mitsuko avait les yeux pleins de larmes, mais elle essayait de se maîtriser et elle se contentait de me fixer avec ressentiment. Elle avait un regard terriblement séducteur et il y avait là une sensualité indescriptible : si elle avait continué à me regarder de cette manière et si elle m'avait dit d'un air plaintif : « Allons, grande sœur », je n'aurais pas résisté à son charme. A présent, elle s'en était aperçue, il était certain qu'elle ferait une scène comme toujours ; plus je m'enfermais dans mon secret, plus elle me soupçonnait, mais il était exclu que j'avoue quoi que ce soit, avant de consulter Watanuki.

– Je t'en prie, attends jusqu'à demain, lui ai-je demandé.

Mais elle a répliqué qu'elle ne comprenait pas pourquoi je ne pouvais lui dire ce jour-là ce que je lui dirais le lendemain, que si j'avais besoin des conseils d'un autre, elle préférait ne rien savoir, que si je lui faisais des révélations en cachette, elle agirait en sorte de ne pas me causer d'ennuis et elle ne voulait rien entendre à mes protestations. Je lui ai alors dit :

– Tu dis cela, mais toi aussi, tu es une cachottière, Mitsuko !

– Qu'est-ce que je te cache ? Tu n'as qu'à m'interroger, je te répondrai sincèrement.

– Vraiment, tu ne me caches rien ?

– Vraiment. Peut-être ai-je oublié de te dire quelque chose, mais sans l'intention de rien te cacher.

– Est-ce que tu ne me cacherais rien sur ton état physique ?

– De quoi parles-tu, grande sœur ?

– Tu te rappelles quand tu avais été malade chez moi ? Tu attendais vraiment un enfant ?

– Ah, cette fois-là ?

Comme je m'y attendais, elle a rougi malgré elle.

– C'était une mise en scène pour te revoir.

– Ce n'est pas cela que je te demande. Je veux savoir si oui ou non tu étais enceinte.

– Non, je ne l'étais pas.

– Et maintenant, est-ce que tu l'es ?

153

– Bien sûr que non. Pourquoi tous ces doutes ?

– Je ne saurais te l'expliquer, mais j'ai mes raisons.

– Ah, grande sœur ! a-t-elle soupiré gravement, l'air de penser « J'ai tout compris. » Grande sœur, je suis sûre qu'Eijirô t'a raconté que j'étais enceinte, n'est-ce pas ? Il s'en vante, mais en réalité il est incapable d'engendrer.

Elle avait à peine prononcé ces mots qu'elle s'est interrompue et a serré les mâchoires, les joues ruisselantes de larmes.

– Que dis-tu, Mitsuko ? me suis-je écriée, stupéfaite, sans en croire mes oreilles.

Elle m'a avoué en sanglotant que jusque-là elle ne m'avait rien caché, sauf cela, qui était un secret qu'elle avait promis de garder, car si la chose se savait, la honte retomberait sur elle et elle aurait de la peine pour Watanuki. Mais s'il la calomniait devant sa grande sœur, elle ne le prenait plus en pitié : au fond, c'était sa faute à lui, si elle se retrouvait dans cette situation, son malheur était l'œuvre de cet individu. Elle a encore sangloté et elle m'a tout raconté, à partir de sa rencontre avec Watanuki. Un été, deux ans plus tôt, alors qu'elle était en vacances, dans sa villa de Hamadera, elle l'avait rencontré et ils avaient commencé à se parler, il l'avait invitée en promenade et l'avait entraînée derrière une baraque de pêcheurs, sur la plage. Même après l'été, comme ils étaient voisins, à Osaka, ils avaient continué à se donner des rendez-vous et à se fréquenter. Un jour, Mitsuko avait appris d'une ancienne camarade de classe une étrange histoire sur Watanuki. Cette amie les avait surpris en train de se promener ensemble à Takarazuka et un soir, elle avait rencontré Mitsuko toute seule, qui sortait dans le jardin du ciné-club de l'Asahikaikan, au sommet de l'immeuble :

– Mademoiselle Tokumitsu ! avait-elle appelé, en lui donnant une tape sur l'épaule. Je vous ai vue vous promener, l'autre jour, avec monsieur Wata-nuki.

– Vous connaissez monsieur Watanuki ?

– Je ne le connais pas personnellement, mais je sais qu'il séduit toutes les femmes. On dit que c'est un homme très attirant. C'est le partenaire idéal pour une jeune fille aussi ravissante que vous !

Elle souriait malicieusement et Mitsuko lui avait expliqué qu'il ne s'agissait pas d'une liaison à proprement parler, qu'ils s'étaient seulement promenés ensemble et l'autre lui avait dit :

– Vous n'avez pas à vous excuser ! Personne ne saurait le soupçonner. Vous connaissez son surnom ?

– Non, avait répondu Mitsuko.

– « Gigolo-sans-aucun-risque » !

Mitsuko n'avait pas compris l'allusion et elle avait tant insisté que l'autre lui avait clairement expliqué que Watanuki était impuissant, que le bruit courait qu'il était asexué et qu'il y avait même des témoins dignes de foi.

21

Quoi qu'il en soit, elle en était venue à l'apprendre, parce qu'une connaissance de son amie était tombée amoureuse et était aimée de Watanuki et qu'elle avait prié un intermédiaire de demander l'accord des parents du garçon, mais que ces derniers avaient donné une réponse évasive. Il avait fallu insister, en rappelant que les intéressés désiraient le mariage et en suppliant les parents d'accorder leur consentement. Ils avaient alors déclaré que, pour une raison particulière, ils avaient l'intention de ne jamais marier leur fils. A la suite de laborieuses recherches, la jeune fille avait su qu'il avait eu dans son enfance les oreillons qui avaient entraîné une orchite.

– Je ne sais pas bien de quoi il s'agit, m'a avoué Mitsuko, mais un médecin m'a expliqué qu'en effet les oreillons pouvaient avoir ce genre de séquelles.

Peut-être n'était-ce plutôt que les suites d'une vie de débauche. En tout cas, depuis lors, la fille s'était mise à le détester. A bien y réfléchir, il faisait de la peine, mais il aurait pu éviter de se lier à des filles et de leur envoyer des lettres sans scrupules, alors

156

qu'il ne faisait que les courtiser avec des paroles retorses du genre : « Vous seriez la femme idéale », et que les entraîner dans des recoins obscurs. Je comprends à présent que dans son état c'étaient les seules satisfactions qu'il pût se permettre. En fait, il se jouait des filles, sous le masque d'un amoureux éploré. Watanuki, dans ces moments-là, avait coutume de dire : « Moi, je trouve que c'est un péché, que d'avoir des relations charnelles avant le mariage. » Et cela n'en exaspérait que davantage les filles qui l'admiraient et le prenaient pour quelqu'un de responsable. Voilà pourquoi la fille, quoiqu'elle eût été implorée : « Ne dites rien, je vous en supplie », allait répétant la vérité sur tous les toits, par rancœur, et c'était ainsi qu'elle s'était rendu compte que bien d'autres avaient partagé sa désillusion. En effet, Watanuki se savait beau garçon et il était conscient de plaire aux femmes : il fréquentait éhontément les lieux où se réunissaient habituellement les filles et n'importe laquelle avait une chance de tomber dans le piège. En général, elles le trouvaient très vertueux ou plutôt elles l'adoraient parce qu'il affirmait que son amour était platonique et qu'on aurait beau l'aimer passionnément, il resterait pur. Ainsi les filles se laissaient convaincre et au moment fatal, il les plaquait. « Ah, oui ? A toi aussi, ça t'est arrivé ? – Hé oui, à moi aussi. » Elles étaient très nombreuses maintenant, et quand on les interrogeait, elles répondaient de la même manière : à un certain moment, il s'en allait en catimini et, au fond, c'était assez bizarre, parce que ses baisers contredisaient son prétendu platonisme, mais là, il n'était plus question de pureté. Elles ne s'apercevaient jamais

157

de la tromperie, mais tôt ou tard arrivait le moment de vérité ; elles étaient d'accord pour reconnaître qu'il suivait un système stéréotypé pour les abandonner. « Après avoir proposé le mariage, il a disparu dans la nature », disaient-elles immanquablement. Certaines le prenaient en pitié, mais lui, il ne pouvait imaginer qu'il y en ait eu tant au courant de son secret, et il continuait à s'amuser avec des vierges, passant de l'une à l'autre. Celles qui ne le connaissaient pas encore tombaient facilement dans le panneau, mais celles qui savaient tout se moquaient de lui dans son dos, en commentant : « Notre gigolo a trouvé une autre oie blanche... – Eh bien, je lui souhaite bien du plaisir... »

L'amie de Mitsuko lui avait dit :

– Moi, je croyais que vous ne saviez encore rien et j'ai voulu vous avertir. Mais si vous craignez que je ne vous aie menti, vous n'avez qu'à interroger Une telle...

– Ah bon, il est donc à ce point bizarre ? Il ne m'a pas encore embrassée, mais j'ai l'impression que ça ne va pas tarder.

Mitsuko avait joué les innocentes et elles avaient changé de sujet. Mais, de retour chez elle, elle avait demandé à Umé :

– Aujourd'hui, une camarade m'a raconté ça et ça. Tu penses que c'est vrai ?

– Et vous, Mademoiselle, vous n'avez aucune idée si c'est vrai ou faux ? avait fait Umé.

Evidemment, Umé avait pensé que Mitsuko ne pourrait ignorer pareille chose. En réalité, comme c'était sa première expérience avec un homme, et comme Watanuki lui avait répété qu'il fallait faire attention à ne pas avoir d'enfants, elle n'avait eu aucun soupçon particulier, et, malgré le récit de son amie, elle avait prétendu qu'elle ne savait pas si c'était la vérité ou un mensonge. Umé, au début, s'était étonnée et avait commenté :

– Mais ne s'agit-il pas d'une médisance pour refroidir vos rapports parce que vous vous convenez trop parfaitement, comme un couple de poupées ? Ne pourrait-on pas charger quelqu'un de mener une enquête ?

Elles s'étaient donc adressées à un détective privé qui avait confirmé que Watanuki était affligé d'une infirmité sexuelle. On n'avait pu établir s'il s'agissait des séquelles des oreillons, mais l'origine semblait remonter à son enfance. L'enquêteur avait réussi à obtenir ces renseignements, parce qu'il avait découvert que Watanuki, avant de se lier à Mitsuko, s'était secrètement amusé dans les quartiers sud de la ville. Il avait enquêté par là-bas : jusqu'aux « professionnelles » qui se laissaient envoûter par Watanuki et, en général, elles tombaient amoureuses folles de lui. Quoiqu'il s'agît d'un beau garçon, la chose était tout de même étrange et, pendant un certain temps, avait suscité une certaine stupeur : les gens pensaient qu'il y avait anguille sous roche. Les femmes qui avaient eu une liaison avec lui se refusaient absolument à l'avouer : ainsi sa réputation ne cessait de croître. Le détective, utilisant différentes méthodes nouvelles d'enquête, était parvenu à découvrir qu'au début, Watanuki avait essayé de cacher son défaut, mais qu'une des femmes avait flairé son secret et que, comme elle avait des tendances homosexuelles, elle avait appris à Watanuki comment un homme qui n'en est pas vraiment un peut se faire aimer d'une femme. Après quoi, on avait commencé à le surnommer « l'homme-femme », ou « la femme-homme » et dès lors, il avait soudain cessé de fréquenter ces lieux et on ne l'avait plus vu dans aucune « maison de thé ». – Par la suite, on m'a montré ce rapport : l'enquête y était décrite avec abondance de détails.

Tout en s'amusant en cachette, il avait dû penser : « Il n'y a pas lieu de désespérer. » Et, reprenant confiance, il avait cherché une fille normale : c'est alors que Mitsuko était tombée dans ses rets. – C'était l'hypothèse de Mitsuko, mais je la crois fondée. Elle sentait qu'elle n'était qu'un jouet entre ses mains et elle ne voulait pas continuer à vivre : dans de tels moments, elle avait vraiment pensé mourir, mais avant de se venger de lui en se suicidant, elle avait décidé de déverser sur lui toute sa rancœur. Elle avait alors proposé à Watanuki :

– Pourquoi ne pas nous marier, puisque tu es d'accord ? J'ai déjà obtenu le consentement de mes parents.

Elle le mettait à l'épreuve.

– Moi aussi, je le désire, mais pour le moment, avait-il dit, la chose n'est pas possible.

Il s'esquivait avec des réponses du genre :

– On se mariera dans un an ou deux.

– En réalité, tu ne pourras jamais te marier, avait répliqué Mitsuko.

Son visage s'était décomposé. Il avait dit :

– Pourquoi ?

– Pourquoi, je n'en sais rien, mais c'est ce qu'on dit à ton sujet.

Elle avait ajouté que maintenant, il ne pourrait

plus la quitter, qu'il devrait mourir avec elle. Mais il avait insisté, prétendant que c'était un tissu de mensonges. Alors, Mitsuko lui avait montré le rapport du détective. Watanuki, sur un ton indescriptible, avait déclaré :

– J'ai mal agi, excuse-moi.

Et ensuite :

– Je veux mourir avec toi.

Mais ils ne s'étaient pas tués, parce que Mitsuko, après avoir épanché son ressentiment, s'était à nouveau apitoyée, et avait fini par se résigner tant bien que mal à continuer à le fréquenter. Certainement, au fond de son cœur, elle pensait encore à lui et elle désirait rester le plus longtemps possible avec lui. Watanuki s'en était aperçu : jusque-là, il s'était dit que la fille la plus amoureuse de lui se serait enfuie si elle avait connu son secret, mais puisqu'elle continuait à l'aimer tout en sachant son infirmité, pour quelle raison persister à dissimuler ? Il lui avait dit qu'il se sentait malheureux d'avoir un tel corps, mais que pourtant il n'y voyait pas un défaut d'une telle gravité et que si quelqu'un pensait qu'il n'avait pas les qualités qui font un homme, il devait lui expliquer où résidait la vraie valeur d'un homme. Est-ce qu'être un homme signifiait simplement en avoir l'apparence extérieure ? S'il en était ainsi, peu lui importait de ne pas en être un. L'ermite de Fukakusa n'avait-il pas brûlé au moxa le symbole de sa virilité, en disant que c'était un obstacle à sa sainteté[1] ? Les hommes qui avaient accompli les œuvres spirituel-

---

1. Bouddhiste de la secte Nichiren. Né en 1623, mort en 1668. Il se nomme Motomasa et se retira à Fukakusa, dans la banlieue de Kyôto. (N.d.T.)

les les plus illustres, Bouddha et le Christ, n'avaient-ils pas vécu comme des êtres asexués ? C'est pourquoi il se considérait lui-même comme un homme idéal ; de plus, qu'exprimaient certaines sculptures grecques sinon la beauté hermaphrodite, ni masculine ni féminine ? Il en était de même pour la représentation de la déesse Kannon et de son compagnon, le bodhisattva Seishi. Finalement, on comprenait que l'indifférenciation était la plus noble expression de l'humanité. Il n'avait caché sa vraie nature que parce qu'il craignait d'être abandonné de la femme qu'il aimait ; en réalité, procréer était une caractéristique de l'amour animal, cela n'avait aucune importance pour ceux qui jouissaient de l'amour spirituel...

22

... Oui, quand Watanuki se mettait à discuter, c'était un vrai moulin à paroles, enchaînant l'un à l'autre des arguments spécieux. Il avait poursuivi, en affirmant que si Mitsuko voulait se tuer, lui non plus il n'hésiterait pas à l'imiter, mais il ne trouvait pas de raison valable de mourir : il n'avait pas envie que l'on dît de lui : « Cet homme s'est tué parce qu'il était désespéré d'être infirme. » Il n'avait pas la lâcheté de se tuer pour autant, il disait qu'il vivrait tant qu'il y tiendrait, qu'il accomplirait de grandes choses, qu'il prouverait qu'il était un surhomme, beaucoup plus digne de considération que le commun des mortels. Et Mitsuko, puisqu'elle avait le courage de mourir, pourquoi n'avait-elle pas celui de l'épouser ? Comme il l'avait dit, elle aurait eu tort d'avoir honte d'un tel mariage, elle aurait dû y voir une alliance spirituelle, beaucoup plus noble que les autres... Les gens auraient beau lui faire obstacle, il les contrerait : mieux valait ne pas clamer sur tous les toits qu'il était ainsi conformé, mais il importait peu qu'une ou deux personnes colportent des ragots, du moment qu'elles n'avançaient aucune preuve.

Si jamais on l'interrogeait à ce propos, elle n'aurait qu'à répondre qu'il était tout à fait normal. – Tout compte fait, tout cela était complètement contradictoire : s'il était tellement persuadé qu'il n'avait aucune raison de désespérer et qu'il était un surhomme, pourquoi tant de mystères ? Il aurait pu marcher la tête haute. Il disait qu'ils devaient avant tout songer à se marier en toute tranquillité, avant d'en être empêchés : car c'était leur premier objectif, quitte à leurrer les gens : cela ne présentait aucune difficulté, à condition de bien être convaincu que l'on n'était inférieur à personne. Mitsuko avait répondu que pour les autres, c'était possible, mais que pour ses parents, il ne serait pas aisé de les tromper. Il avait fait remarquer que les siens seraient ravis d'accueillir une bru qui aurait accepté consciemment un tel mariage, mais qu'en revanche ceux de Mitsuko s'y opposeraient : de toute évidence, s'ils avaient appris la situation, ils n'auraient pas consenti ; il fallait garder le secret et si Mitsuko était d'accord, cela n'avait rien d'impossible.

– Et quand ils finiront par s'en apercevoir, que comptes-tu faire ? avait demandé Mitsuko.

– Quand ils s'en apercevront, on verra bien. Nous pourrons leur expliquer en toute franchise que notre attitude est légitime, tu pourrais leur dire que tu n'épouseras personne d'autre et si, en dépit de cela, ils te refusent leur autorisation nous pourrons disparaître et nous suicider ensemble.

Evidemment, Watanuki était à mille lieues d'imaginer que son secret était si divulgué qu'on lui avait donné un sobriquet et il croyait qu'à part les « professionnelles » aucune fille ne s'en était aperçue et il espérait pouvoir continuer à le cacher. En réalité, il aurait été plutôt malaisé de continuer à duper ses parents et d'arriver jusqu'au mariage. Watanuki avait pour seuls parents sa mère et un oncle qui s'occupait d'eux ; si Mitsuko était venue les voir pour leur dire :

– Pour telle raison, un de ces jours, mes parents viendront vous proposer officiellement le mariage. Je vous prie de bien vouloir accepter sans commentaire.

... la mère de Watanuki aurait compris et l'oncle lui-même aurait évité de révéler l'infirmité de son neveu et de causer la rupture de leurs fiançailles. Mitsuko avait pensé que ses parents, avant de décider du mariage, auraient sans aucun doute entrepris une enquête et que, quelles que fussent leurs tentatives, il était hors de question de garder le secret. Plutôt que de créer des ennuis inutiles, n'aurait-il pas mieux valu continuer à se rencontrer en secret pendant un certain temps ? Watanuki n'avait aucune nécessité particulière de se marier et il savait que, dans l'état physique où il était, c'était trop exiger, mais il était préoccupé parce qu'il était conscient que Mitsuko ne resterait pas seule toute sa vie et que tôt ou tard elle lui échapperait. Et puis, ce qu'il disait contrastait avec ses sentiments réels. Non seulement, il voulait vivre avec une femme comme un homme normal, mais non content de tromper le monde, il se trompait lui-même qu'il estimait pareil aux autres hommes. Il avait même la fatuité d'aspirer à étonner les gens avec une femme comme Mitsuko dont la beauté était exceptionnelle : c'est ce qui le rendait impatient et lui faisait dire avec sarcasme :

– Tu cherches des prétextes, parce que si on te propose un mariage intéressant, tu as l'intention d'accepter.

Mitsuko lui répondait que quoi que pussent lui dire ses parents, elle ne pourrait épouser aucun autre homme, que pour le moment, elle n'avait reçu aucune demande ferme, que lorsqu'elle aurait elle aussi vingt-cinq ans et qu'il lui serait possible d'en faire à sa volonté, ils auraient les mains libres, mais qu'il fallait encore patienter un peu, autrement il n'y aurait aucune issue pour eux que la mort. Et elle finissait par le convaincre.

Mitsuko affirmait qu'elle ne savait pas, elle non plus, quels étaient ses sentiments authentiques à cette époque, mais il est certain qu'au début, elle donnait le change, avec le désir secret de rompre. Après chaque rendez-vous, elle regrettait d'être allée le voir et elle devait se dire :

« Que je suis malheureuse, mon dieu ! Une belle fille comme moi que tant de femmes envient, avoir été choisie par un homme pareil. Je veux en finir une bonne fois pour toutes. »

Mais, aussi étrange que cela paraisse, au bout de deux ou trois jours, c'était elle qui allait le trouver. Non pas qu'elle fût vraiment amoureuse de lui : elle ne lui accordait aucune qualité morale et elle avait la nausée rien qu'à le voir ; au fond de son cœur, elle le considérait comme quelqu'un de fondamentalement vil, elle le méprisait absolument. Ils avaient beau se voir tous les jours, leurs esprits n'avaient trouvé aucune harmonie, ils se disputaient constamment et c'était toujours la même ritournelle :

– Tu as divulgué mon secret !

Ou bien :

– Jusqu'à quand vas-tu me faire attendre ?

Il se montait la tête pour des vétilles et prenait à tout propos un ton soupçonneux et aigri... Mitsuko, du reste, n'aurait avoué à personne sans une réelle nécessité une chose aussi abominable, qui n'exposait pas simplement Watanuki à une humiliation : il aurait pu lui épargner de pareils reproches ; elle ne s'était confiée d'ailleurs qu'à Umé avec laquelle il était de toute façon exclu de se taire.

– Mais pourquoi le raconter à une femme de chambre ? s'était emporté Watanuki.

Une querelle très violente avait éclaté. Mitsuko ne s'était pas laissé intimider et avait riposté ce qu'elle avait sur le cœur :

– Tu n'es qu'un hypocrite, un menteur qui ne fait jamais ce qu'il dit. Il n'y a pas la moindre trace d'amour véritable dans notre rapport.

A la fin, à court d'arguments, le visage écarlate, il avait dit entre ses dents :

– Je te tuerai.

– Tu n'as qu'à le faire : il y a si longtemps que je me suis fait une raison.

Et elle était restée immobile, les yeux fermés. Watanuki avait alors reculé.

– J'ai eu tort, excuse-moi.

– Je ne suis pas aussi effrontée que toi. Si les gens savaient ce secret, je serais beaucoup plus gênée que toi. Et puis, j'en ai assez de tes reproches incessants.

C'était le dernier coup. Watanuki n'était plus en mesure de lui tenir tête, ce qui ne fit que le rendre plus retors et plus soupçonneux.

C'est justement à cette époque qu'était arrivée la proposition de mariage de la famille M. Si Mitsuko avait commencé à fréquenter l'Ecole des Beaux-Arts, c'était pour avoir l'occasion de rencontrer Watanuki et elle m'a appris que c'était elle et personne d'autre qui avait répandu le bruit d'une liaison homosexuelle entre elle et moi, en envoyant des cartes postales anonymes. Tout cela, parce que Watanuki, épouvantablement jaloux, à cause de cette proposition de mariage, la menaçait de faire connaître leur relation à la presse ou parce que la famille du conseiller municipal, qui était en concurrence avec celle de Mitsuko par rapport aux M., cherchait justement, par tous les moyens, à trouver chez Mitsuko un défaut qui fît échouer le projet de mariage. Mitsuko ne s'intéressait nullement à la famille M. et donc peu lui importait de perdre dans cette compétition : ce qui l'effrayait, c'était l'éventualité que son rapport secret avec Watanuki fût découvert et que la rumeur s'en répandît. Bref, pour dissimuler la vérité, elle s'était inventé de toutes pièces une réputation de lesbienne. En d'autres termes, elle m'avait utilisée pour tromper les gens. De son point de vue, mieux valait passer pour lesbienne qu'amoureuse d'un homme surnommé « gigolo-sans-aucun-risque » ou « homme-femme » : ainsi on ne la montrerait pas du doigt et on ne se moquerait pas d'elle. Au début, l'idée lui était venue parce qu'elle avait appris que je peignais un visage qui ressemblait au sien et parce que, lorsque nous nous croisions dans la rue, j'avais un air bizarre. Mais devant la sincérité de ma passion, ce désir de m'instrumentaliser s'était progressivement transformé en amour. Je ne prétends pas avoir été entièrement innocente, mais le caractère spirituel de mes sentiments ne pouvait certes pas être comparé à celui de Watanuki, et inconsciemment Mitsuko était attirée par cela. De plus, il y avait une différence non négligeable entre devenir le béguin d'un individu comme lui, dont aucune femme n'aurait voulu, et être vénérée et représentée sous les traits de la déesse Kannon, par une autre femme. Depuis qu'elle me connaissait, elle avait retrouvé son sens naturel de supériorité et son orgueil, et finalement, m'a-t-elle confié, le monde lui avait semblé à nouveau lumineux. Elle laissait croire à Watanuki qu'elle se contentait de m'instrumentaliser, en profitant des ragots : c'était très commode pour pouvoir sortir. Ce n'était pas le genre d'homme à se laisser aisément berner.

– Ah bon, c'est mieux comme ça, avait-il dit.

Mais, au fond de son cœur, il s'était contenté d'aiguiser la lame de la jalousie, en attendant l'occasion de nous séparer. Si l'on y repensait bien, le vol des kimonos à Kasayamachi était bien étrange. Qu'il y ait eu des joueurs dans une autre pièce et que la police soit intervenue, le mensonge était un peu gros : il s'était mis d'accord avec le personnel de l'auberge et il avait épouvanté Mitsuko en la prenant par surprise ; pendant leur fuite, quelqu'un avait volé leurs vêtements ; cela faisait partie d'un plan soigneusement préparé. Ce jour-là, avant notre rendez-vous, Mitsuko était allée, le matin, à Mitsukoshi faire des achats et elle était tombée sur Watanuki. En prenant congé de lui, elle s'était entendue avec lui pour qu'il l'attendît à Kasayamachi, où elle devait le rejoindre après

avoir vu « sa grande sœur, madame Kakiuchi ».
Watanuki avait pu se rendre compte qu'elle portait
un kimono pareil au mien, il avait donc sauté sur
l'occasion : s'il subtilisait le kimono, Mitsuko
devrait me téléphoner, ce qui entraînerait notre
rupture. En attendant à l'auberge, il avait soudoyé
le personnel – il était capable de ces pratiques-là et
il en avait tout le loisir. Il était tout de même
bizarre que la police eût emmené les joueurs avec
les kimonos volés et puis ni Mitsuko ni Watanuki
n'avaient reçu la convocation au commissariat.
Mais à ce moment-là, Mitsuko n'aurait jamais imaginé qu'elle était victime d'un complot et comme
elle était trop secouée pour prendre la moindre
décision, Watanuki lui avait conseillé :

– Il ne reste plus qu'à téléphoner à madame
Kakiuchi pour qu'elle te prête son kimono pareil
au tien.

Sur ce point, c'était très différent de la version
de Watanuki ; Mitsuko était si bouleversée qu'elle
avait oublié jusqu'à l'existence d'un kimono pareil
au sien. Elle avait répondu :

– Je ne puis me permettre de demander une
telle chose à ma grande sœur.

– Alors, si tu refuses cette solution, tu préfères
fuir avec moi ?

La situation était inextricable : suivre cet
homme, c'était pire que de mourir ; comme elle
n'était pas en mesure de réfléchir, elle s'était précipitée vers le téléphone. Elle aurait pu chercher une
meilleure solution et m'attendre dans un café, évi-
tant ainsi de m'obliger à rencontrer cet homme et
le faisant partir avant mon arrivée, mais Mitsuko
avait perdu son sang-froid et l'idée ne lui avait

170

même pas traversé l'esprit. C'était exactement ce qu'espérait Watanuki, qui la pressait :

– Dépêche-toi, dépêche-toi.

Entre-temps, j'étais arrivée.

– Je n'ose pas me montrer ainsi, avait-elle protesté.

– Cache-toi, je saurai trouver les mots qu'il faut, l'avait-il rassurée.

Il s'était comporté comme son amoureux et avait multiplié les questions destinées à me tromper.

– C'est normal, expliquait Mitsuko, à vrai dire, il ne te connaissait pas du tout, à cette époque.

23

– Ah oui ? Il s'est moqué de moi ? Je n'aurais
jamais pensé qu'il aurait eu le courage de me tourner en dérision et de mépriser le monde au point
de prononcer une phrase comme : « Les sentiments que Mitsuko nourrit pour vous sont absolument sincères. »

– Hé oui, il t'a dit ça rien que pour te faire enra-
ger. Je vous entendais derrière la porte coulissante.
« Quel menteur ! », je me disais. Il n'avait pas besoin
de s'excuser, il ne parviendrait pas à te convaincre.

Elle a ajouté qu'elle était intolérablement aga-
cée, tout en suivant les directives de Watanuki :
comme il n'avait plus personne pour lui faire obstacle, il devenait de plus en plus obsédant. Si Mitsuko hasardait un reproche, il répondait :

– C'est plutôt toi qui es menteuse : est-ce que tu
ne m'as pas embobiné avec toutes tes histoires ?

Cela montrait qu'il avait conservé une certaine
rancœur à mon égard.

– Evidemment, vous n'avez pas rompu pour un
incident aussi ridicule. Peut-être continuez-vous à
vous retrouver quelque part.

Il avait fait en sorte que nous ne pussions plus

nous voir, mais de deux choses l'une : ou bien par nature, il lui était impossible de cesser de douter, ou bien, il faisait semblant de ne pas s'en être rendu compte, pour lâcher des remarques désagréables.

– Tu n'as rien d'un homme ! avait riposté Mitsuko. Tu ressasses continuellement cette affaire, qui est classée depuis longtemps.

– Non, non, ce n'est pas une affaire classée ! Je suis sûr que tu lui as révélé mon secret.

En effet, c'était ce qu'il craignait le plus : il déclarait que si j'étais mise au courant, pour se venger, il s'opposerait, par tous les moyens, à notre liaison.

– Tu m'agaces avec tes soupçons qui ne sont fondés sur rien ! Comment aurais-je pu lui faire cette révélation, alors que je lui cachais jusqu'à ton existence ? Tu ne l'as donc pas déduit de son attitude, quand tu l'as rencontrée ?

– Justement, il y avait quelque chose de soupçonneux dans son attitude.

Habitué à tromper autrui, il était constamment méfiant. Il ne se contentait pas d'être vétilleux, il avait des raisons sérieuses de se tenir sur ses gardes : dans la mesure où il s'était aperçu de ma relation avec Mitsuko, je ne pouvais pas, de mon côté, être ignorante de leurs rapports et, si, tout en les sachant, je n'avais pas jusque-là manifesté de jalousie, c'était simplement parce qu'on m'avait dit :

– Cet homme est mal conformé.

Autrement, quelle raison aurais-je eu de me taire ? C'est avec ces pensées secrètes qu'il m'avait fait venir à l'auberge de Kasayamachi. Il comptait me faire comprendre qu'il avait l'habitude de descendre dans cette auberge avec Mitsuko et qu'il n'avait aucune infirmité sexuelle. S'il avait imploré Mitsuko, en toute sincérité, en lui disant :

– Je t'en prie, ne vois plus grande sœur.

... elle n'aurait pas pu refuser. Mais, non seulement elle se sentait impliquée dans les manigances d'un imposteur, elle était aussi désagréablement soupçonnée. Par orgueil, elle avait voulu éventer ses plans et n'en éprouvant que plus de nostalgie pour notre relation qui s'était, malgré elle, détériorée, elle avait désiré tenter l'impossible pour renouer : elle aurait voulu me revoir, ne fût-ce qu'un instant, mais elle pensait que je ne la recevrais pas et puis, quelles excuses aurait-elle pu trouver ? Quoi qu'elle eût avancé, elle ne pouvait changer mon état d'esprit. Après avoir longtemps réfléchi, elle s'était souvenue de ce livre... En réalité, elle n'en avait pas besoin et elle l'avait effectivement prêté à Mme Nakagawa. Ce livre lui avait donné une idée et puis elle avait imaginé un plan pendant plusieurs jours :

– Je ferai téléphoner au nom de la clinique S.K. et puis je ferai ça et ça.

Evidemment, elle avait pensé se débrouiller toute seule, sans recourir à personne. Simplement, mieux valait que ce ne fût pas une femme qui téléphonât. Elle avait expliqué le problème à Umé et elle avait chargé un teinturier de parler à sa place.

– Je me suis vraiment creusé la cervelle pour ne pas te perdre, grande sœur. Je m'admire vraiment d'être arrivée à jouer mon rôle dramatique au point d'en avoir les yeux révulsés.

Bien sûr, cette fois-là, elle m'avait indéniable-

174

ment attirée dans un piège ingénieux, elle m'avait trompée, mais je devais comprendre dans quel esprit elle l'avait fait, et puis elle pensait que je la jugerais avec compassion, mais certainement pas avec haine.

Peu après, cependant, Watanuki s'était rendu compte que nous nous étions réconciliées. Mitsuko avait l'intention de renverser son stratagème, ce qu'elle ne cachait pas du reste, attendant le moment où il s'en apercevrait, pour voir quelle figure il ferait.

– Tu t'es remise à la voir, n'est-ce pas ? Ne fais pas l'innocente. Je sais tout.

– Oh, je n'ai rien à cacher, avait-elle répliqué avec calme, avant d'ajouter : j'ai préféré faire le premier pas, parce que de toute façon, même si je ne l'avais pas fait, tu m'en aurais soupçonnée.

– Mais pourquoi à mon insu ?

– Ce n'est pas en cachette. Peu m'importent tes soupçons : je ne prétends pas avoir fait des choses que je n'ai pas faites et je dis ce que j'ai fait.

– Mais puisque jusqu'ici tu t'es tue !

– Parce que je pensais que cela ne valait pas la peine de le dire. Je n'ai pas l'intention de te faire un rapport sur le moindre de mes agissements.

– Crois-tu avoir agi correctement en ne m'informant pas de quelque chose d'aussi grave ?

– C'est bien pour ça que je te confirme que nous l'avons fait, non ?

– Nous avons fait quoi ? C'est ambigu. Dis-moi clairement et exactement qui a pris l'initiative de cette réconciliation.

– C'est moi qui suis allée la trouver, je lui ai dit que j'étais désolée, et elle m'a excusée.

– Quoi ? Mais quel besoin avais-tu d'aller lui demander pardon ?

– Quel besoin ? Après l'avoir fait venir dans un pareil endroit, à une pareille heure, après lui avoir emprunté des kimonos et de l'argent, comment pouvais-je oublier ? Toi, tu n'as peut-être aucun mal à te conduire en ingrat, mais moi, ce n'est pas mon genre.

– Dès le lendemain, je lui ai renvoyé par la poste ce qu'elle nous avait prêté, pourquoi remercier encore une femme aussi abjecte ?

– Ah bon ? Mais alors, à ce moment-là, devant grande sœur, qu'as-tu dit ? « Ce n'est pas de moi que je me soucie. Mais s'il vous plaît, raccompagnez Mitsuko jusque chez elle. Je vous en serai infiniment reconnaissant pour toute ma vie. » Tu t'es alors incliné devant cette femme « abjecte » et tu l'as suppliée, en joignant les mains. Comment oses-tu maintenant dire des choses semblables ? Et d'abord, il ne fallait pas expédier par la poste ce qu'elle nous avait prêté : si jamais le paquet était tombé dans les mains de son mari, tu imagines un peu l'embarras dans lequel tu l'aurais mise ! Comment aurait-elle expliqué que les vêtements étaient sales ? Un service rendu, c'est un service rendu : il faut agir en conséquence. Comme tu es ingrat ! En t'entendant parler ainsi, je commence à me douter que ce qui s'est passé ce soir-là cache un tour de passe-passe dont je comprends un peu le secret...

– Qu'est-ce que tu entends par « tour de passe-passe » ? a demandé Watanuki, d'un air égaré.

– Je ne sais pas au juste, mais il est un peu bizarre que tu aies décidé que nous ayons rompu, alors que je n'en ai jamais parlé. Si tu penses que tout s'est réalisé selon tes plans, tu te trompes lourdement.

– Mais que racontes-tu ? Je n'y comprends rien.

– Alors, explique-moi un peu. Pourquoi la police n'a-t-elle pas rendu les kimonos ?

– J'ai d'autres chats à fouetter, écoute.

On comprenait qu'elle avait touché là une corde sensible.

– Enfin, qu'est-ce que tu as ? Tu me parais bien excité. Calme-toi et raconte-moi tout.

Il a eu un sourire crispé pour cacher son embarras. En réalité, il n'était pas du genre à passer l'éponge et deux ou trois jours plus tard, il est repassé à l'attaque, mais avec maladresse. Il essayait cette fois de m'amadouer par des flatteries :

– Cette dame dit t'en vouloir beaucoup. Qu'as-tu fait pour l'apaiser ? Apprends-moi ton truc, je risque bien d'en avoir besoin plus tard.

Et puis :

– On te donnerait le bon dieu sans confession : comment t'imaginerait-on capable de te payer la tête des gens ? Tu es plus maligne qu'une vraie professionnelle.

Il passait de la flatterie à l'ironie.

Mitsuko essayait de le contenter dans la mesure du possible et lui a raconté le plan qu'elle avait suivi pour se réconcilier avec moi.

– Quand as-tu appris à imaginer de pareils tours pour tromper le monde ?

– Mais c'est toi qui me l'as appris !

– Ne dis pas de sottises ! Tu te sers souvent du même stratagème avec moi, n'est-ce pas ?

– Allons, voilà que tu recommences avec tes soupçons sans fondement ! C'est la première fois que je me comporte d'une manière répréhensible.

– J'avoue que je ne comprends pas ce qui te pousse à vouloir jouer les « sœurs » de cette dame et à entreprendre des choses pareilles.

– Mais est-ce que tu n'as pas dit, toi-même, à grande sœur : « Moi, ça m'est égal. Désormais, nous serons d'accord, tous les trois » ?

– Mais je le lui ai dit simplement, parce qu'à ce moment-là, il aurait été gênant de la fâcher.

– Tu es un menteur. C'est toi-même qui as essayé de la tromper. Je me suis très bien aperçue de tes manigances, cette nuit-là.

– Je ne vois pas ce que tu veux dire.

– N'oublie jamais ça : « Il n'y a si petit chat qui n'égratigne. » Personne ne te laisserait agir, si tu voulais comploter dans l'ombre.

– Et que veux-tu que j'aie manigancé ? Quelles preuves as-tu ? C'est toi qui soupçonnes tout le monde sans le moindre fondement.

– Si tu crois que ce sont des soupçons sans fondement, libre à toi. Mais est-ce que tu ne ferais pas mieux de lier amitié avec grande sœur comme tu l'as promis ? Tu ne me croiras peut-être pas, mais je n'ai pas trahi ton secret...

Mitsuko a eu un éclair de génie et elle a raconté qu'elle était venue chez moi me parler pour me cacher précisément ce que Watanuki ne voulait pas que l'on sût, pour me convaincre qu'il était tout à fait normal et vu qu'elle ne s'était pas ménagée pour défendre son honneur, il aurait pu se montrer grand seigneur et faire en sorte qu'il y eût entre nous de bons rapports. Elle le touchait en son point sensible, en le flattant et en le menaçant, et elle lui disait :

– Tant que nous nous retrouverons ici, il faut que nous fassions venir grande sœur.

Et elle lui interdisait de fourrer son nez dans notre liaison. Et y verrait-il la moindre objection, elle s'était décidée à le quitter rien que pour moi. Il encaissait ses reproches sans mot dire.

24

–... Ecoute, grande sœur, malgré notre intimité, j'étais gênée de dire des choses pareilles et j'ai essayé de me retirer, dans la crainte de te lasser, mais aujourd'hui, j'ai tout raconté. Ah ! Y a-t-il plus malheureuse que moi en ce monde ?

Entre-temps, elle s'était allongée en posant la tête sur mes genoux et elle sanglotait, en m'inondant de larmes. Elle était désespérée au point que je ne trouvais aucun mot pour la consoler. La Mitsuko que jusque-là j'avais cru connaître était une fille splendide, exubérante, aux yeux lumineux et toujours emplis d'orgueil, jamais je n'aurais imaginé qu'elle passerait par des expériences aussi pénibles et j'avais peine à penser qu'une personne comme elle, hautaine comme une reine, éclaterait en sanglots, oubliant entièrement son amour-propre. A l'en croire, elle était obstinée et elle s'était imposé de toutes ses forces de ne pas laisser transparaître devant les autres ses malheurs, mais sans moi, elle aurait été d'une humeur encore plus sombre : grâce à moi, elle avait eu le courage de lutter et de vaincre son propre destin ; quand elle me dévisageait, elle trouvait une certaine sérénité et elle réussissait à tout oublier, mais ce jour-là, on ne sait trop pourquoi, elle était assaillie par de tristes pensées que son obstination ne lui avait plus permis d'endurer et soudain, elle avait rompu le barrage de ses larmes longtemps endiguées.

– Ah, grande sœur, je t'en prie, je t'en prie... Tu es la seule en qui je puisse avoir confiance, ne m'en veuille pas si je t'ai forcée à écouter ce que je viens de te dire.

– Pourquoi devrais-je t'en vouloir ? Tu es arrivée à m'avouer des choses difficiles à dire. Quant à moi, tu ne peux imaginer ma joie de savoir que j'ai toujours ta confiance.

Elle se détendait un peu, mais elle pleurait avec plus de désespoir encore, en disant que Watanuki lui avait gâché la vie et que l'avenir ne lui offrait plus aucun espoir ni aucune lumière, qu'il ne lui restait plus qu'à vivre jusqu'à la fin de ses jours comme un tronc enterré, qu'elle préférerait mourir à épouser cet individu ; elle m'implorait de l'aider à se libérer de lui, de lui conseiller une issue.

– Puisqu'il en est ainsi, moi aussi, je te dirai toute la vérité. Pour tout t'avouer, j'ai signé avec Watanuki un serment de fraternité, nous avons échangé un papier avec différents engagements.

Je lui ai raconté tout ce qui était arrivé la veille.

– Je m'en doutais un peu, m'a-t-elle confessé. Watanuki avait la hantise d'être trahi et c'est pour ça qu'il t'a mise à l'épreuve. Il avait l'intention de t'entraîner dans son malheur au cas où il serait plaqué...

A bien y songer, je devais reconnaître que cet

homme avait fait naître en moi une étrange impression, quand je lui avais déclaré :

– Je ne suis pas au courant de la grossesse de Mitsuko.

– Quoi ? s'était-il écrié, les yeux injectés de sang. Vous ne le saviez pas ? avait-il ajouté en pâlissant. Quelle raison Mitsuko a-t-elle avancée pour expliquer qu'elle ne pouvait avoir d'enfant ? Est-ce la faute de sa constitution physique ?

Et je me rappelle qu'il avait répété deux ou trois fois :

– Hélas, sous quelle mauvaise étoile je suis né !

Il semblait psalmodier cette lamentation. J'avais alors pensé qu'il avait espéré attirer ma sympathie avec cette mise en scène, à moins qu'un homme aussi effronté que lui ne souffrît, au fond de son cœur, de son malheur et que la tristesse et la solitude qu'il ne voulait pas montrer aux autres ne se fussent spontanément révélées. Mais il m'avait testée habilement avec des phrases comme :

– Mais pourquoi Mitsuko s'obstine-t-elle à cacher sa grossesse ? Surtout avec vous ne pourrait-elle pas s'abstenir de mentir ?

– Quand l'enfant naîtra, nous le mettrons en garde chez quelqu'un.

– Son père est furieux.

Mais, le comble, c'est qu'il avait dit :

– En relisant le tout, je me suis aperçu que le contrat est beaucoup plus avantageux pour vous, grande sœur, que pour moi. J'espère que vous avez reconnu ma bonne foi.

Il n'avait aucun souci à se faire et il pouvait ajouter n'importe quelle clause. Que visait-il en abusant de moi avec ces mensonges ? A quelle occasion allait-il se servir de ce serment ? Probablement, les conditions auxquelles il tenait le plus étaient-elles les suivantes :

« Grande sœur s'efforcera de favoriser le mariage officiel entre le petit frère et Mitsuko. » Et : « Si le petit frère est abandonné, grande sœur rompra avec Mitsuko. » Et encore : « Tous les deux s'engagent à ne pas prendre la fuite avec Mitsuko sans préavis, sans consentement réciproque, à ne pas disparaître avec elle et à ne pas se suicider avec elle. »

Cette dernière clause semblait surtout pour lui essentielle : les autres n'étaient là que pour grossir le tout. C'était en tout cas l'opinion de Mitsuko. Pour ma part, je trouvais étrange qu'il se fût donné autant de mal pour mettre en forme ce contrat, mais il avait le mauvais goût d'aligner des phrases à consonance juridique et tout compte fait, à cette époque, l'attitude de Mitsuko à l'égard de Watanuki était devenue lasse et résignée à tout, ce qui avait laissé pressentir à Watanuki qu'il se produirait bientôt quelque chose d'irrémédiable : on se doutait qu'il manigançait dans l'ombre. Ainsi, quand nous étions allés tous les trois ensemble au cinéma, Mitsuko l'avait convaincu en lui disant :

– Au lieu de la jalouser, pourquoi ne rencontres-tu pas plutôt grande sœur ? Tu te rendras compte ainsi du genre de femme que c'est et tu verras bien si elle connaît ou non, ton secret. Tu t'en feras une idée d'après sa manière de parler.

Elle espérait ainsi ne plus avoir de bizarreries à craindre de lui et il s'était montré inhabituellement confus, refusant de parler.

– Déjà à ce moment-là, mine de rien, il pensait faire de moi son alliée secrète ?

– Je n'en sais rien, mais, en tout cas, il était très angoissé à l'idée que je le plaque, pour prendre la fuite avec toi, grande sœur.

– Certainement, il a l'intention de se servir de moi, pour t'épouser et, une fois que vous serez mariés, de me jeter comme une vieille chaussette.

– Il n'a que le mot de mariage à la bouche, mais pour se leurrer lui-même : en réalité, il ne pense pas pouvoir se marier. S'il exige trop, je n'aurai plus envie de vivre et il le sait parfaitement. Même pour lui, mieux vaut qu'il y ait une personne comme toi, grande sœur, ainsi, il n'aura pas à craindre que je lui sois volée par un autre homme : il voulait prolonger le plus longtemps possible cette situation...

Mitsuko attendait ce jour-là aussi Watanuki, mais elle n'avait aucune envie de le voir et elle m'a demandé de trouver un moyen de le renvoyer. Un refus soudain lui mettrait peut-être la puce à l'oreille ; je lui ai donc conseillé, pour éviter le pire, de le recevoir et de ne rien lui dire de ce que nous nous étions confié, ce jour-là : j'arriverais certainement à l'en délivrer et j'aurais donné ma vie pour la sauver.

– S'il le faut, je tuerai cet homme, l'ai-je rassurée, en pleurant avec elle.

Puis, nous nous sommes séparées. C'était... eh bien, il suffit de regarder la date du serment... voilà, c'est cela, le 18 juillet, c'était donc le jour suivant, le 19, que Mitsuko et moi, nous nous sommes fait ces confidences. A cette époque-là, justement, mon mari était arrivé à bout du cas qu'il traitait et il m'a proposé :

– Pourquoi ne part-on pas quelque part en

vacances ? Si cette année, nous allions à Karui-
zawa ?

Je n'en avais pas envie : je lui ai dit que Mitsuko
passait ses journées toute seule, parce que dans
son état, elle ne pouvait aller nulle part et qu'elle
me répétait constamment :

– Ah vraiment, je t'envie !

S'il fallait à tout prix prendre des vacances,
j'aurais préféré qu'il m'emmenât à Hakoné, mais
plus tard, quand il ferait plus frais. Sans prêter la
moindre attention à la triste figure de mon mari,
pendant près de deux semaines, j'attendais chaque
jour impatiemment son départ pour me précipiter
à Kasayamachi. En tout cas, Mitsuko était complètement métamorphosée tant sa docilité l'avait
changée : il y avait peu encore, elle me paraissait
être un séduisant démon, mais à présent, c'était
une colombe convoitée par un aigle et elle était
encore plus attachante, et puis elle avait un air si
inquiet et sur son visage n'apparaissait jamais le
rayonnant sourire d'autrefois. La chose me paraissait impossible, mais je redoutais ce qui aurait pu
se produire si elle avait fait une folie et je n'arrivais
pas à trouver le calme.

– Ma petite Mitsuko, lui disais-je, essaie de te
montrer plus gaie devant Watanuki, sinon il se
doutera de quelque chose et va savoir un peu ce
qu'il commencera à te raconter. Je te promets que
je l'anéantirai, ai-je ajouté, je le réduirai au point
de perdre complètement la face, et donc même si
tu souffres terriblement, résiste encore un peu.

Mais au fond, je me demandais si j'arriverais à
vaincre Watanuki : il était plus habile que moi
pour prendre les gens dans ses rets et je n'avais

pas la moindre imagination. Tout en parlant, je me demandais le prétexte que j'aurais trouvé si Watanuki m'attendait dans la ruelle ; je ne me reprochais nullement de n'avoir pas respecté les clauses du serment, mais j'avais quand même mauvaise conscience en ce qui concernait ma promesse. Toutes les fois que je m'engageais dans l'impasse, je tremblais de peur de m'entendre appeler « grande sœur ! » de cette voix exaspérante. Mais fort heureusement rien de tel n'a eu lieu : cet individu, une fois qu'il avait formulé le contrat, ne se souciait guère du pacte fraternel et, au fond, cela valait mieux pour moi. Cependant, Mitsuko m'implorait, jour après jour :

– Grande sœur, pourquoi ne fais-tu rien ? Je ne tiendrai pas un jour de plus.

Elle disait qu'en dernier recours elle proposerait à Watanuki de s'enfuir avec elle et qu'avant de partir, elle me dirait leur destination. Quand le scandale éclaterait et que les journaux en parleraient, j'irais la rejoindre et Watanuki ne ferait plus aucune tentative pour l'approcher, elle était déterminée à mener à bien ce projet, sa réputation dût-elle en pâtir.

– J'ai l'impression qu'il subodore un complot, a-t-elle dit. Il faut agir au plus vite.

– Quand il s'en apercevra, il viendra contester le serment chez moi. Allons, garde ton idée comme ultime recours en cas d'urgence.

Pour tout dire, à ce moment-là, j'étais vraiment désemparée, j'avais même pensé venir chez vous, Monsieur, vous demander conseil, mais cela aurait été faire preuve d'une excessive hardiesse et je n'ai pas osé. Nous nous en étions même remises à

Umé, mais cette dernière n'avait eu aucune bonne idée. Au comble du désespoir, j'avais pensé demander son aide à mon mari, en lui avouant en partie mes mensonges pour qu'il m'apprît s'il existait un moyen juridique d'empêcher la persécution dont nous étions l'objet de la part de Watanuki : si je lui avais parlé adroitement, peut-être aurait-il eu pitié de Mitsuko. J'étais allée jusqu'à imaginer cela. Mais est-ce qu'il n'a pas l'idée, soudain, un beau jour, de venir me retrouver à l'improviste, sans même me prévenir d'un coup de téléphone, à l'auberge de Kasayamachi ? Il est passé en revenant du bureau, vers quatre heures et demie : j'étais en train de bavarder au premier étage avec Mitsuko, quand la femme de chambre monte les marches quatre à quatre en m'appelant :

– Madame, madame ! Votre mari est en bas. Il m'a dit qu'il voulait vous voir toutes les deux. Qu'est-ce que je fais ?

– Pourquoi peut-il être venu ? ai-je balbutié, ahurie, en dévisageant Mitsuko. En tout cas, c'est moi qui vais le voir. Toi, ma petite Mitsuko, reste cachée ici.

Et je suis descendue dans l'entrée.

25

– Ah, quel endroit difficile à trouver ! a soupiré mon mari, debout près de la grille.

Il avait accompagné à la gare de Minatomachi quelqu'un qui rentrait à Yokkaichi, dans la région d'Isé, et au retour se promenant du côté de Shinsaibashi, il s'était rappelé que Mitsuko se trouvait dans le quartier et, pensant que j'y étais également, il avait décidé de nous y rejoindre sans prévenir.

– Rien de particulier ne m'amène, mais tu ennuies les gens à venir toujours ici et il ne m'aurait pas semblé convenable de passer dans le quartier sans venir présenter mes hommages. J'aimerais voir Mitsuko pour m'enquérir de sa santé, la remercier et, si c'est possible, vous inviter au restaurant. Est-ce qu'elle ne pourrait pas sortir au moins un moment ? m'a-t-il demandé, comme si de rien n'était.

Mais j'avais l'impression qu'il avait une idée derrière la tête.

– En ce moment, elle a beaucoup grossi et elle s'abstient de toute sortie, pour ne rencontrer aucune connaissance, lui ai-je expliqué.

– Mais alors, annonce-moi, a-t-il insisté.

Je ne pouvais lui répondre que la chose était inenvisageable. Je me suis contentée de déclarer :

– Je vais lui demander ce qu'elle en pense.

J'ai transmis à Mitsuko la requête de mon mari.

– Que faire vraiment... ? Grande sœur, que lui as-tu répondu ?

– Que tu ne veux rencontrer personne, parce que maintenant ça se voit. Mais il insiste pour te voir, ne fût-ce qu'un moment.

– Il a certainement une bonne raison...

– C'est bien ce qui me semble.

– Dans ces conditions, mieux vaut que je le voie... Haru m'a conseillé de superposer les nœuds de ceintures autour du ventre et d'enfiler un kimono par-dessus. C'est ce que je vais faire. C'est vraiment le moment de me bourrer de coton, non ?

Là-dessus, elle a emprunté des ceintures à Haru, la femme de chambre, à laquelle elle a ordonné :

– Faites asseoir Monsieur dans une salle du bas.

Pendant ce temps, je l'ai aidée à se préparer. Haru est revenue nous annoncer :

– Je le lui ai dit, mais il m'a répondu qu'il préfé-rait rester dans l'entrée, parce qu'il ne s'agit de vous voir que quelques minutes. Il ne veut pas entrer.

Nous avons décidé de nous hâter et nous avons aidé Mitsuko à s'habiller dare-dare. En hiver, il aurait peut-être été plus facile de le tromper, mais elle ne portait qu'un kimono sans doublure, d'Akashi, et on ne parvenait pas à la faire passer pour une femme enceinte.

– Grande sœur, de combien de mois est-ce que je dois être enceinte ?

– Je ne me rappelle pas très bien, mais j'ai dit que ça se voyait et que tu devais en être au sixième ou au septième mois.

– Est-ce que j'ai l'air d'être au sixième mois ?

– Ton ventre devrait être plus rond et plus proéminent.

Nous pouffions toutes les trois.

– Faisons-le attendre un moment, a proposé Haru.

Elle est revenue avec des serviettes.

– Descends lui dire que Mademoiselle ne peut pas le rejoindre dans le vestibule, de crainte d'être vue par d'autres. Demande-lui d'entrer et installe-le dans la pièce la plus obscure.

Après l'avoir fait attendre une bonne demi-heure en tout, nous avons fini par lui confectionne un ventre de six mois et nous sommes allées à sa rencontre.

– Je lui ai dit que ça n'avait aucune importance, mais elle a voulu enfiler un kimono, parce qu'elle estimait qu'il n'était pas convenable de se présenter en robe de chambre.

En disant cela, j'observais mon mari : il avait placé sa serviette à côté de lui et il s'était assis les genoux joints, avec réserve.

– Je suis désolé de vous déranger, mais il y a tellement longtemps que je ne vous vois plus. Je passais dans le quartier et j'en ai profité pour vous rendre visite.

Ce n'était peut-être qu'une impression, mais il m'a semblé qu'il lançait des regards soupçonneux vers le ventre de Mitsuko. Elle a répondu :

– C'est plutôt moi qui devrais m'excuser d'abuser de la gentillesse de ma grande sœur.

Elle a ajouté qu'elle était désolée que nous ayons dû renoncer à partir en vacances à cause d'elle et que, grâce à moi, elle parvenait à atténuer son sentiment de solitude et qu'elle m'en était profondément reconnaissante. Elle prononçait au bon moment quelques mots qui me paraissaient pleins de dignité et, de temps à autre, elle cachait sa ceinture avec son éventail. Haru avait pris soin de l'installer dans un coin de la chambre plongé dans la pénombre, où, même en plein jour, il aurait été nécessaire d'allumer la lumière : le manque d'air et l'entassement des vêtements la faisaient transpirer abondamment et elle haletait. On aurait vraiment dit une femme enceinte. Et je me suis dit : « Comme elle joue bien ! »

Mon mari s'est levé presque aussitôt.

– Excusez-moi de vous avoir dérangée. Quand vous serez à nouveau en mesure de sortir, venez donc nous voir.

Et, s'adressant à moi :

– Il est tard maintenant, revenons ensemble à la maison.

J'ai murmuré alors à Mitsuko :

– Il doit y avoir une raison. Aujourd'hui, mieux vaut que je m'en aille. Mais je t'en prie, attends-moi demain.

Et je l'ai suivi à contrecœur. Lorsque nous sommes arrivés, devant l'arrêt de Yotsubashi, il a déclaré :

– Prenons l'autobus.

Puis nous avons fini le trajet en train. Mon mari était de mauvaise humeur : il avait gardé le silence et il s'était contenté de répondre vaguement à mes questions. A la maison, sans même se changer, il m'a ordonné :

– Viens un moment au premier étage avec moi.

Et il est monté en hâte : je l'ai suivi avec résignation. Il a fait claquer la porte de la chambre et il m'a indiqué un fauteuil face au sien.

– Assieds-toi.

Il est resté un moment silencieux, respirant profondément, plongé dans ses réflexions. Pour conjurer cette tension, j'ai été la première à demander :

– Pourquoi es-tu donc venu à l'improviste là-bas ?

– Eh bien, maugréa-t-il.

Et au bout d'un moment de méditation :

– Il y a quelque chose que j'aimerais te montrer.

Il a sorti d'une poche une enveloppe administrative dont il a déplié le contenu sur son bureau. En le voyant, j'ai blêmi. Comment avait-il réussi à l'avoir ? En approchant de moi le contrat de Watanuki, il m'a demandé :

– Cette signature est bien la tienne, n'est-ce pas ?

Il a ensuite ajouté :

– Je t'avertis qu'à condition que tu te conduises convenablement, je n'ai nullement l'intention de faire des histoires. Si tu veux savoir comment ce document m'est tombé entre les mains, je te le dirai. Mais avant toute chose, j'aimerais savoir si c'est bien toi qui l'as signé ou si c'est un faux. Je voudrais que ce point soit bien clair.

... Ah ! J'avais donc été prise de court par Watanuki. Mon exemplaire avait été enfermé à clé dans
la commode, ce ne pouvait donc être que celui de
Watanuki : il n'avait rédigé ce serment que dans ce
but. Pour tout dire, il y avait déjà un moment que
je pensais faire intervenir mon mari et que je me
disais qu'il valait mieux tout lui avouer même à
propos de Mitsuko, mais il nous avait prises par
surprise à Kasayamachi ; à présent, je ne pouvais
lui révéler que c'était une fausse grossesse, ce qui
ne faisait qu'empirer la situation en ajoutant
d'autres mensonges et si j'avais prévu une telle
issue, mieux valait tout avouer dès le départ.

– Allons, comment veux-tu que je te comprenne
si tu ne dis rien ? Est-ce qu'il ne vaut pas mieux
que tu répondes ?

Et puis, essayant de se montrer patient, sur un
ton calme et gentil :

– Je vois que tu ne protestes pas : j'en conclus
que c'est bien toi qui as signé.

Peu à peu, il m'a raconté que cinq ou six jours
plus tôt, sans s'annoncer, s'était présenté dans son
bureau d'Imabashi un dénommé Watanuki qui avait
demandé à lui parler. Il l'avait reçu dans la salle
d'attente en se demandant de quoi il s'agissait.

– Je suis venu vous voir parce que j'ai un service
à vous demander. Je crois que vous savez que
mademoiselle Mitsuko Tokumitsu et moi sommes
fiancés, mais qu'elle attend un enfant de moi.
Votre femme s'est immiscée entre nous, ne cessant
de multiplier les problèmes et, pour cette raison,
Mitsuko depuis quelque temps me traite avec de
plus en plus de froideur. La situation est devenue
telle que je ne sais pas quand elle acceptera de

193

m'épouser. J'aimerais que vous raisonniez votre femme à ce propos.

Mon mari lui avait répondu :

– Pourquoi ma femme devrait-elle créer des problèmes ? Je ne connais pas tous les détails, mais ma femme m'a dit qu'elle avait de la sympathie pour votre amour et qu'elle espérait que vous vous marieriez le plus tôt possible.

Watanuki avait alors répliqué :

– Vous ignorez la vérité sur le rapport qui unit votre femme et Mitsuko.

Il lui avait laissé entendre par allusions que rien n'avait changé entre elle et moi. Mon mari n'était guère enclin à ajouter foi aux propos d'un inconnu et puis, comme il était peu vraisemblable qu'une femme enceinte poursuivît une pareille relation avec une personne de son sexe, il avait pensé être en présence d'un vrai fou.

– Il est naturel que vous ayez des doutes, avait dit Watanuki. Mais voici une preuve irréfutable.

Watanuki lui avait alors tendu le contrat. Et en prenant connaissance du papier, mon mari avait été désagréablement frappé par cette nouvelle tromperie de ma part, mais plus encore par le fait qu'à son insu j'eusse contracté un pacte de fraternité avec un inconnu. Et puis, que pouvait-il penser d'un homme qui commençait par ne pas s'excuser d'avoir signé un pareil contrat avec la femme d'un autre et qui l'exhibait avec présomption devant son mari, en souriant ironiquement de l'air triomphant d'un inspecteur qui aurait trouvé une pièce à conviction ? Il sentait la colère le gagner.

– Vous devez reconnaître la signature de votre femme, n'est-ce pas ?

194

– En effet, on dirait bien son écriture. Mais à mon tour d'avoir une question à vous poser : qui est l'homme qui a signé ?

– C'est moi, Watanuki, lui avait-il dit tranquillement, comme s'il n'avait pas perçu l'ironie de la question.

– Mais qu'est-ce que c'est que ces taches sous la signature ?

Watanuki s'était alors lancé dans le récit détaillé de tout ce qui s'était passé : mais mon mari ne l'avait pas laissé finir, l'interrompant rageusement.

– Vous avez détaillé, réglementé la relation qui unit mademoiselle Mitsuko, ma femme Sonoko et vous, mais sans aucune considération pour moi qui suis le mari. On ne se soucie pas du tout de moi. Etant donné que vous avez signé, la responsabilité vous en incombe naturellement et j'aimerais que vous éclaircissiez votre position, d'autant plus que, d'après ce que vous avez dit, Sonoko ne me semble pas avoir stipulé volontairement ce contrat, mais y avoir été en partie du moins contrainte.

Loin d'être intimidé, Watanuki avait continué à sourire ironiquement :

– Comme vous pouvez le constater à la lecture de ce document, madame Sonoko et moi sommes liés par l'intermédiaire de Mitsuko, et cette relation est dès le principe contraire à vos intérêts conjugaux. Si madame Sonoko se souciait de vous, elle n'aurait jamais ébauché une telle liaison avec Mitsuko et nous n'aurions jamais été amenés à échanger ce serment, ce que j'aurais préféré de très loin ; mais quelle ressource avait un étranger comme moi pour empêcher la femme d'un autre de suivre son penchant ? De mon point de vue, reconnaître dans ce document cette liaison représente une concession très généreuse à l'égard de madame Sonoko.

Il avait renversé la question et il parlait comme s'il reprochait au mari son manque de vigilance : cette promesse de fraternité n'impliquait pour lui aucun adultère et il ne pensait donc pas avoir commis un acte immoral.

26

Mon mari était écœuré rien qu'à la pensée de toucher ces feuilles, mais puisque Watanuki lui apparaissait comme absolument dépourvu de bon sens et qu'il était impossible de prévoir ce qu'il ferait, il avait décidé de s'en emparer à tout prix.

– Je comprends, si les choses sont telles que vous le dites, mon rôle de mari est d'intervenir sans attendre d'en être prié. Cependant, c'est notre première rencontre et je désire être impartial : j'entendrai donc ma femme. Par conséquent, j'aimerais que vous me prêtiez ce document. Si je le lui mets sous les yeux, elle avouera certainement. Je n'ai pas d'autre moyen de la confondre, car elle est très têtue.

Watanuki, sans lui répondre sur sa requête, s'était contenté de poser le contrat sur ses genoux, en déclarant :

– Quelles seraient vos dispositions, si votre femme avouait ?

– Je ne peux pas vous répondre pour l'instant : cela dépendra des circonstances. Je n'ai pas l'intention, simplement parce que vous me l'avez demandé, de mettre ma femme à la question. Comprenez bien que ce n'est pas dans votre intérêt que j'agis, mais pour sauver l'honneur et le bonheur de ma famille.

A ces mots, Watanuki n'avait pu réprimer une grimace :

– Je ne vous dis pas que je veuille que vous agissiez pour moi. Je suis simplement venu parce que, par hasard, votre intérêt coïncide maintenant avec le mien. J'espère que vous le reconnaîtrez.

– Je n'ai ni le temps ni l'intention de raisonner ainsi, avait riposté mon mari. Excusez ma franchise, mais je ne désire pas être impliqué dans cet incident pour avoir été votre complice. Pour ce qui est de ma femme, je la jugerai comme bon me semble.

– Ah bon ? Tant pis, s'était résigné Watanuki. A vrai dire, je ne me serais pas mêlé de vos affaires et rien ne m'obligeait à vous demander cela, mais je savais que si madame Sonoko et Mitsuko disparaissaient ensemble, je ne serais pas le seul à être désolé et il n'aurait pas été gentil de vous le cacher.

Watanuki avait alors longuement dévisagé mon mari :

– Et alors, de gré ou de force, vous aussi, vous auriez été impliqué.

– Je comprends votre gentillesse. Je vous remercie de votre amabilité.

– Ces remerciements ne suffisent pas. J'espère que vous ne commettrez pas la sottise de laisser fuir madame Sonoko, mais si, par hasard, la chose se produisait, que feriez-vous ? Vous résigneriez-vous, estimant qu'il ne sert à rien de rester attaché à quelqu'un qui est parti ou bien le poursuivriez-vous partout pour le ramener au bercail ? Je vous demande de me répondre clairement.

– Pour les problèmes dont j'ignore encore l'issue, j'ai horreur que l'on veuille peser sur ma décision, surtout pour les problèmes conjugaux qui ne doivent être résolus que par les intéressés eux-mêmes.

– Mais évidemment, quoi qu'il se passe, vous ne divorcerez jamais d'avec madame Sonoko, n'est-ce pas ?

Watanuki faisait preuve d'une telle témérité et de tant d'insistance à se mêler des affaires d'autrui que mon mari lui avait répliqué que, divorce ou pas, cela ne le regardait pas et qu'il n'avait pas lieu de s'en occuper. Mais Watanuki avait poursuivi, en déclarant des choses du genre :

– Mais non, vous ne pouvez pas, parce que vous devez avoir des obligations envers la famille de madame Sonoko.

Ou bien :

– Pour un petit écart de conduite, vous ne pouvez tout de même pas chasser madame Sonoko.

(Probablement avait-il été mis au courant de notre vie privée par Mitsuko.) Et :

– Vous êtes un trop parfait gentleman, pour pouvoir agir avec malhonnêteté.

A bout de nerfs, mon mari s'était écrié :

– Mais pourquoi êtes-vous venu ? Cela ne vous regarde pas, tout cela ! Pourquoi continuez-vous à pérorer ? Je n'ai pas besoin qu'on m'enseigne comment doit se conduire un gentleman. Et puis, sachez que moi, je ne suis pas en mesure de vous affirmer que nos intérêts coïncident.

– Ah bon ? Dans ces conditions, désolé, mais il m'est impossible de vous prêter ce contrat.

Watanuki avait alors récupéré le papier qu'il avait glissé dans l'enveloppe qu'il remit dans sa poche intérieure. Mon mari avait tout fait pour s'en emparer, mais il n'y avait désormais plus rien à faire : l'important était de ne pas se mettre en position de faiblesse.

– Faites comme bon vous semble, je ne vous obligerai pas à me le prêter. Emportez-le donc. Mais je vous avertis : puisque vous m'empêchez de le montrer à ma femme, je ne serai pas tenu de croire à son authenticité, si elle est niée par ma femme. Il est normal que je sois plus enclin à me fier à elle qu'à un inconnu tel que vous.

Watanuki avait murmuré comme pour lui-même :

– En tout cas, les maris qui sont trop faibles avec leurs femmes sont à l'origine de bien des ennuis. Enfin, madame Sonoko possède un double du contrat. Cherchez-le et vous finirez par le trouver. Mais vous n'en avez même pas besoin. Demandez-lui de vous montrer son bras et vous tiendrez votre preuve.

Après ces perfidies, il avait pris congé tranquillement, en disant :

– Je suis tout à fait désolé de vous avoir dérangé.

Mon mari l'avait raccompagné jusqu'au couloir et il était revenu dans le bureau en se disant que c'était là un drôle de type. Il se ressaisissait quand, au bout de cinq minutes, il avait entendu à nouveau frapper à la porte : Watanuki était réapparu, un sourire éclatant aux lèvres, comme si ce laps de temps avait suffi à le métamorphoser :

– Excusez-moi pour tout à l'heure. Ecoutez, cela ne vous ennuie pas que je vous dérange une fois encore ?

Mon mari l'avait dévisagé avec écœurement et crainte à la fois, en silence : Watanuki s'était approché du bureau, il s'était penché et, sans attendre d'y être invité, il s'était assis.

– Tout à l'heure, je me suis mal conduit. Je me trouve dans une situation critique, où je risque de perdre l'être auquel je tiens plus qu'à ma vie même et, aveuglé par mes problèmes personnels, je n'ai pas eu la sérénité nécessaire pour respecter vos sentiments. Ce n'est pas dans de mauvaises intentions que je vous ai dit cela, veuillez l'oublier.

– Vous êtes revenu exprès pour me le dire ? avait demandé mon mari.

– Oui, dès que j'ai été dehors, j'ai réfléchi, j'ai compris que j'avais eu tort, j'ai eu des remords et j'ai préféré vous présenter mes excuses.

– C'est gentil à vous, avait répondu mon mari.

– Hmm, s'était contenté de faire Watanuki.

Il s'était agité nerveusement et il avait ajouté, avec un sourire crispé :

– En réalité, tout d'abord, je suis venu vous demander un service et maintenant je vous prie de m'excuser parce que je me trouve dans une situa-tion terrible et que je ne sais plus quoi faire. Je vous en prie, gardez présent à l'esprit quel est mon état d'âme, c'est intolérable et désespérant, je n'ai même pas la force de pleurer. Si vous avez la bonté de comprendre tout cela, je vous prêterai ce papier.

– Et comment devrais-je le comprendre ?

201

– Pour être sincère, je crains plus que toute autre chose votre divorce. Parce que dans sa détresse, madame Sonoko nous créerait encore plus d'ennuis et mon espoir d'épouser Mitsuko s'effondrerait. Je ne crois pas qu'elle fasse jamais rien de tel, à moins qu'elle n'y soit acculée, mais une idée fixe m'obsède : comment réagiriez-vous si madame Sonoko disparaissait avec Mitsuko ? Je vous parais peut-être importun à force de toujours répéter la même chose, mais si vous ne la surveillez pas de près, elle finira tôt ou tard par fuir avec Mitsuko. Si cela se produit, peut-être au fond de votre cœur, déciderez-vous de pardonner à votre femme, mais les gens, eux, ne le pourront jamais. Il me semble que le danger m'écrase, je n'arrive plus à dormir.

Et tout en parlant, il avait penché la tête jusqu'à toucher du front la table, en suppliant :

– Aidez-moi, je vous en prie.

Et puis, il avait continué :

– Vous trouverez peut-être que j'ai du toupet, que je ne pense qu'à ce qui m'arrange, mais je vous en prie, considérez la situation désespérée dans laquelle je me trouve et engagez-vous à surveiller votre femme de façon que, quoi qu'il arrive, elle ne puisse pas s'enfuir. Evidemment, vous ne pourrez pas la garder attachée et il n'est pas dit qu'elle ne s'enfuie pas mais promettez-moi que, dans ce cas, vous partiriez à sa recherche et que vous la ramèneriez. Dites-moi simplement « d'accord » et je vous confierai ce papier.

Et encore :

– Il ne m'est pas nécessaire d'insister, je comprends très bien que vous aimez beaucoup votre femme et que vous ne divorceriez jamais, mais je voudrais l'entendre au moins une fois de votre bouche. Si vous avez pitié de moi, dites-moi ce que vous avez déjà décidé au fond de vous.

En l'écoutant, mon mari s'était dit : « Quel hypocrite ! » Au lieu de parler à tort et à travers et de vouloir fouiller dans l'intimité des gens, n'aurait-il pas pu dire sincèrement dès le début ce qu'il voulait sans heurter les sentiments de personne ? Il changeait d'attitude en fonction de la réaction de mon mari : il ne devait guère plaire aux femmes s'il se conduisait toujours ainsi. Peut-être Mitsuko ne parvenait-elle plus à le supporter. Quelle nature malheureuse était échue à cet homme. Mon mari avait fini par éprouver une certaine pitié pour lui.

– Alors, jurez-moi, vous aussi, qu'à l'avenir, vous ne rendrez pas public ce contrat et que vous me permettrez de le conserver durant tout le temps qui me paraîtra nécessaire. Si vous y consentez, j'accepterai, moi aussi, vos conditions.

– Ce serment, comme il est écrit ici, ne peut être montré sans la permission des deux parties, cependant, comme on peut voir dans la conduite de madame Sonoko un acte de trahison, si j'avais voulu vous porter préjudice, j'aurais pu m'en servir d'une manière ou d'une autre. Mais, pour comprendre que je ne suis pas capable d'une telle bassesse, il suffit de savoir que j'ai pris soin de vous apporter ce papier, ne croyez-vous pas ? Mais bien sûr, si on n'avait pas confiance, à quoi servirait-il d'écrire des serments ? Cela ne serait que des bouts de papier : je vous en prie, s'il peut vous être utile, prenez-le. A moi, il me suffira que vous me promettiez de respecter les deux clauses auxquelles j'ai fait tout d'abord allusion.

« Pourquoi donc ne me l'a-t-il pas dit tout de suite ? » avait pensé mon mari tout en déclarant :

– Je le garde dans ces conditions.

Et il avait tendu la main, mais Watanuki avait objecté :

– Un instant, je suis vraiment désolé, mais pour prévenir toutes complications éventuelles, est-ce que vous ne pourriez pas me signer un reçu ?

Il avait accepté et écrit :

« Je reconnais avoir reçu le document suivant... »

– Et maintenant un petit additif, s'il vous plaît.

– Que dois-je écrire ?

– Je soussigné... m'engage, pendant toute la période où je serai en possession de ce document, à respecter les conditions suivantes :

1) Je veillerai à ce que ma femme agisse conformément aux devoirs d'une épouse.

2) Je ne divorcerai d'avec ma femme sous aucun prétexte.

3) J'ai l'obligation de montrer et de rendre le document dont j'ai la garde, n'importe quand, si l'ayant droit le réclame.

4) Si je viens à égarer le document, je ne serai pas affranchi des clauses 1 et 2 jusqu'à ce que j'aie fourni des garanties requises par l'ayant droit.

Il ne les avait pas dictées aisément : après que mon mari eut écrit la première, Watanuki avait réfléchi et puis ajouté :

– Ah ! Il y en a une autre, s'il vous plaît.

Et il les avait fait ainsi ajouter l'une après l'autre.

« Quelle idiotie ! avait pensé mon mari. Il parle comme un notaire de province ! »

Mais il avait obtempéré, presque par jeu. Après avoir fini d'écrire, il lui avait dit :

– Et ajoutons maintenant un post-scriptum :

« Si le document s'avère fondé sur des présupposés fictifs, tout le serment devra être considéré comme nul et non avenu. »

– Je suppose que cela ne vous ennuie pas que j'ajoute cela ?

Watanuki, stupéfait, était resté perplexe, mais mon mari, sans plus s'en soucier, avait ajouté en hâte cette postille et il lui avait tendu le papier ; Watanuki, après avoir hésité, comme si soudain il lui avait répugné de s'en séparer, avait laissé le document de mauvaise grâce et il s'en était allé.

Après m'avoir raconté d'une seule traite ce qui s'était produit, mon mari m'a demandé :

– Dis-moi, est-il vrai que tu aies signé ce contrat ? Si tu en possèdes un double, montre-le.

Et il attendait patiemment ma réponse. Je me suis levée en silence, j'ai ouvert le tiroir fermé à clé, j'ai pris l'exemplaire que j'avais caché et je l'ai posé sur la table sans un mot.

27

– Bien, puisqu'il y a ce double, le contrat ne peut être un faux, n'est-ce pas ?

J'ai acquiescé sans rien dire. Mon mari, qui ne comprenait pas ce que je ressentais, a plissé les yeux d'un air dubitatif et a déclaré :

– Alors, ce qui est écrit dans ce contrat est entièrement vrai ?

– Il y a des choses vraies, mais aussi des mensonges.

L'écoutant, j'avais déjà décidé qu'il ne valait plus la peine de rien cacher, que pour déjouer le stratagème de Watanuki, je n'avais plus qu'à avouer, jusqu'à des détails compromettants et que je laisserais les événements suivre leur cours : la peur, dit-on, exagère la réalité et la situation tournerait peut-être en ma faveur. J'ai tout d'abord révélé le secret de Watanuki ; puis, j'ai raconté que la grossesse de Mitsuko était fausse, qu'elle avait mis des tissus sur son ventre lorsqu'il l'avait vue à l'instant, qu'elle n'habitait plus du tout cette maison de Kasayamachi, que Watanuki m'avait acculée avec des menaces à signer ce contrat, et que non seulement j'étais trompée, mais que je le trompais, lui, mon mari. J'ai tout raconté de A à Z, durant deux heures. Il m'écoutait en répondant par des marmonnements et en soupirant de temps à autre.

– Alors, a-t-il conclu, tu peux me jurer qu'il n'y a rien de mensonger dans ce que tu as dit ? Est-il sûr que ce Watanuki ait un tel secret ?

Il a ajouté :

– A vrai dire, j'ai fait une enquête.

Il avait vu Watanuki quatre ou cinq jours auparavant. S'il avait fait semblant de tout ignorer jusque-là, c'est qu'il trouvait louches les comportements de Watanuki et qu'il pensait qu'il cachait une raison plus profonde. Il avait donc chargé un détective d'une enquête, avant de m'en parler. Or, comme il n'y avait pas grand monde avec une telle profession à Osaka, il était tombé sur le même que celui auquel Mitsuko s'était adressée.

– Je sais à peu près tout sur lui, lui avait annoncé l'enquêteur. J'ai déjà travaillé sur lui.

Il avait fourni les renseignements immédiatement. Ainsi, le soir même du jour où Watanuki lui avait rendu visite, mon mari avait toutes les cartes en main. Il en était lui-même si étonné qu'il se demandait s'il ne s'agissait pas d'un homonyme, mais l'explication du détective qui connaissait même les démêlés de Watanuki avec Mitsuko ne laissait aucun doute... Du coup, la grossesse de Mitsuko, cette maison de Kasayamachi, mon rapport avec Mitsuko, tout cela devenait douteux et il avait fait enquêter sur Mitsuko. C'était ce matin-là que le rapport lui était tombé entre les mains, mais mon mari avait encore de la peine à croire toutes ces données et il avait donc décidé de véri-

fier lui-même en allant à l'improviste à Kasayamachi.

– Tu savais donc qu'elle avait mis du tissu sur
son ventre, ai-je demandé avec détachement.

Il n'a pas répondu tout de suite. Puis :

– Tu es bien consciente que tes agissements pas-
sés sont éloignés de la bonne voie. Je n'ai pas
l'intention de fouiller dans des faits aussi désagréables, mais j'aimerais savoir si tu es décidée à te
repentir sincèrement de tes erreurs. Il n'y a
aucune nécessité de prendre au sérieux les promesses que nous avons faites à Watanuki, mais j'ai
juré devant cet homme que je ne divorcerais pas
d'avec toi. Au fond, j'ai manqué de prudence, moi
aussi. Quand Watanuki prétendait que je n'étais
pas un mari assez vigilant, il ne se trompait pas
vraiment ; il est évident que si la famille de Mitsuko se plaint, ce sera moi, même avant toi, qui
devrai m'excuser platement. Cette affaire selon
moi est sous la responsabilité commune des
époux. Si jamais la presse en parle, comment
expliquerai-je la chose à tes parents ? De plus, s'il
ne s'agissait que d'une liaison ordinaire ou d'un
banal ménage à trois, il y aurait lieu de supporter
les choses ou de compatir, mais devant ce qui est
écrit dans ce pacte, n'importe qui pensera être en
présence de fous. Enfin, je ne suis peut-être pas
impartial, mais en entendant tes explications, j'ai
l'impression que tout vient de Watanuki et qu'il est
le seul fautif. Ni toi ni Mitsuko n'en seriez là si
vous ne l'aviez rencontré... Qu'est-ce que les
parents de Mitsuko en penseraient s'ils étaient au
courant ? Jusqu'ici, je pensais que tout le mal
venait de Mitsuko, que c'était une fille dévergon-

208

dée qui avait une mauvaise influence sur toi, mais pour ses parents, il ne leur suffira pas de mettre en pièces ce Watanuki. Dire qu'ils ont une fille ravissante, dont ils peuvent être fiers, et qu'ils se laissent berner par un individu pareil... Ils ont encore moins de chance que moi...

Il savait qu'il ne fallait pas heurter ma susceptibilité prompte à réagir avec violence et il s'efforçait de me toucher par les sentiments plutôt qu'en faisant appel à la raison. Ses méthodes étaient un peu grossières, mais j'étais attristée par ce qu'il disait sur les parents de Mitsuko et surtout par le fait qu'il s'inquiétât tant de Mitsuko, car c'était exactement ce que j'éprouvais en mon cœur. Je l'écoutais, les yeux pleins de larmes.

– Dis, tu ne crois pas ? m'a-t-il demandé, en fixant mes joues ruisselantes. Je ne comprendrai rien si tu continues à pleurer. Réfléchis bien et dis-moi une fois pour toutes ce que tu penses, sans fard. Si tu songes à quitter notre foyer à tout prix, je crois que c'est inéluctable. Mais si tu veux que j'exprime ce que j'éprouve, je hais seulement cet individu et c'est plutôt de la compassion que je ressens à ton égard et à l'égard de Mitsuko. A supposer qu'il nous faille divorcer, je suis voué à souffrir pour le restant de mes jours, en éprouvant cette même « compassion ». Et toi, tu ne pourras tout de même pas épouser Mitsuko ! Tu ne seras plus sous ma surveillance, mais les gens ne te le pardonneront pas. Ou alors, tu auras inquiété beaucoup de monde et tu seras couverte de honte. Ce sera la fin. A moins que tu ne te ressaisisses à temps et que tu ne t'amendes : de deux choses l'une. Cela dépend de toi...

– Mais moi... tout ce qui m'est arrivé, c'est le destin... j'implorerai ton pardon en mourant !

Surpris, il a presque bondi en l'air et j'ai éclaté en sanglots, en laissant retomber ma tête sur la table.

– De toute façon, maintenant que j'en suis là, il est normal que tout le monde m'abandonne. Si je restais en vie, je n'oserais plus regarder les gens en face. Laisse-moi mourir s'il te plaît. Tu ne regretteras pas une femme aussi dépravée que moi...

– Qui a jamais dit que je t'abandonnerais ? Si j'avais eu cette intention, je ne t'aurais pas donné de conseils.

– Je te remercie de me dire cela, mais si je m'innocente toute seule en laissant Mitsuko, combien va-t-elle souffrir... Toi aussi, tu as dit que Mitsuko te faisait le plus de peine, n'est-ce pas ?

– Oui, c'est ce que j'ai dit. C'est pour cette raison que j'essaie de vous sauver... Ecoute bien, tu te trompes lourdement. Ce n'est pas en lui offrant l'amour comme tu l'entends que tu l'empêcheras de souffrir. Je ne m'inquiète pas seulement pour toi. Je pense aller chez les Tokumitsu pour leur expliquer la situation. Je crois que mon devoir est de leur demander d'exercer une plus grande vigilance, afin d'écarter à jamais cet homme et de ne plus tolérer la liaison de leur fille avec toi. N'est-ce pas préférable pour Mitsuko ?

– Si tu fais cela, Mitsuko se tuera avant moi...

– Comment ? Pourquoi doit-elle mourir ?

– En tout cas, elle se tuera... Elle voulait déjà mourir et ne cessait de me le répéter, j'étais parvenue à grand-peine à la retenir... Alors je mourrai avec elle. En mourant, je demanderai pardon à la société.

– Ne raconte pas d'âneries ! Tu ne feras que créer des ennuis à tes parents et à moi : comment oses-tu appeler cela pardon ?

28

Je n'écoutais plus ce que me disait mon mari et je me contentais de répéter :

– Non, je vais me tuer. Laisse-moi mourir.

La tête enfouie entre mes bras, sur la table, je pleurais comme une gamine insatisfaite. Je m'étais dit que la meilleure solution était de ressasser : « Je vais me tuer. » Il n'y avait aucune autre issue... La seule chose qui me préoccupait était de savoir comment je pourrais continuer à la voir comme auparavant. C'était mon seul désir et, à vrai dire, j'avais peur surtout que mon mari ne réclamât le divorce. Puisqu'il savait tout à présent, il ne me restait plus qu'à le convaincre de reconnaître ma liaison avec Mitsuko ; en échange, je le respecterais et ainsi notre lien conjugal se maintiendrait à la perfection. Même si Watanuki nous importunait, nous avions le double du serment et personne ne croirait en ses allégations. Mitsuko aurait-elle épousé quelqu'un d'autre, qui aurait eu des reproches à formuler sur la relation amicale de deux femmes au foyer ? Non seulement la situation resterait la même, mais tout irait encore mieux : les pinaillages étaient vains et nous tenions la meilleure solution. Mais mon mari redoutait de me voir faire un acte de folie : c'était cela plus que le divorce qu'il appréhendait. Je savais qu'il était plutôt passif. Je pensais donc lui laisser entendre :

« Si tu exerces sur moi une telle violence, je n'hésiterai pas à m'enfuir. »

Et je lui exposerais progressivement mes conditions. J'ai décidé de lui faire avaler ces couleuvres, quitte à attendre deux ou trois jours. Je ne devais pas le provoquer ni heurter ses sentiments ; je pleurais calmement, en silence, quoi qu'il dît ; je donnais l'impression de receler une décision très ferme. Mes gestes l'effrayaient tant qu'il m'a veillée jusqu'à l'aube ; il m'accompagnait même aux toilettes. Le lendemain, il n'est pas allé au bureau et il a fait apporter les repas dans la chambre ; il me fixait, attentif à mes moindres expressions et me disait de temps à autre :

– Si tu continues ainsi, tu vas vite être épuisée. Tu devrais faire une sieste pour te détendre et tu réfléchiras plus tard.

Ou :

– Promets-moi au moins de ne plus parler de te tuer ni de t'enfuir.

Mais je ne lui disais plus rien, me contentant de faire signe que non. Je pensais, en moi-même, que les choses se présentaient bien pour moi. Or, le lendemain, mon mari a été obligé de passer une ou deux heures au bureau. Il m'a demandé de lui jurer de ne pas sortir et de ne pas téléphoner pendant son absence, sinon il m'emmènerait à Osaka avec lui. J'ai répliqué :

– Moi aussi, je serai inquiète de te savoir seul dehors. Je vais t'accompagner.

– De quoi es-tu inquiète ?

– Si jamais tu vas raconter des histoires aux Tokumitsu, je n'y survivrai pas.

– Je ne te ferai jamais ce sale coup sans te prévenir. Je te le jure. Jure-le-moi, toi aussi.

– Si tu me promets de ne pas me faire de crasse, je t'attendrai bien sagement à la maison. Tu pourras travailler tranquillement. Moi, je me reposerai pendant ce temps.

Il était neuf heures environ, quand il est sorti. Je suis restée étendue pendant un petit moment. J'étais tellement excitée que je ne trouvais pas le sommeil. Mon mari a téléphoné dès son arrivée à Osaka, puis toutes les demi-heures. Il m'était impossible de me calmer ; je faisais les cent pas dans la chambre en pensant à mille choses. L'idée s'est alors imposée à moi que si je continuais cette partie de bras de fer avec mon mari, Watanuki nous réserverait du vilain. Et Mitsuko, que pensait-elle, depuis que je l'avais quittée, la veille ? Avait-elle attendu toute la journée ? Je ne réussirais pas à l'intimider en me contentant de lui répéter : « Je vais me tuer, je vais me tuer. » Et si, pour régler la question de manière encore plus expéditive, en veillant cependant à ne pas causer un trop grand scandale, nous nous enfuyions dans un lieu voisin, comme Nara ou Kyôto ? Nous pourrions demander à Umé de se précipiter chez mon mari, d'un air égaré, et de lui dire : « Votre femme et ma maîtresse se sont enfuies. Dépêchez-vous de les rattraper, parce que, si sa famille venait à l'apprendre, ce serait désastreux. » Et de le ramener enfin chez nous juste à temps pour ne pas nous laisser mourir... Mais pour réaliser ce plan, c'est aujourd'hui seulement que nous pouvons saisir l'occasion... Toutefois, je ne pouvais pas sortir ; j'ai téléphoné à Mitsuko :

– Je te raconterai tout dans le détail quand tu seras ici. Viens tout de suite chez moi.

En l'attendant, j'ai prié ma bonne de garder le secret :

– Gare à toi, si jamais tu en parles à Monsieur !

Elle est arrivée au bout de vingt minutes.

Tant que mon mari me téléphonait, je pouvais être certaine qu'il se trouvait à Osaka et je n'avais aucune inquiétude à me faire. Si jamais il revenait à l'improviste, elle pouvait fuir en cachette par la porte de service ; c'est pourquoi j'avais fait porter l'ombrelle et les chaussures de Mitsuko dans le jardin et j'avais prudemment pris soin de la recevoir dans une salle du rez-de-chaussée. J'ai remarqué dès qu'elle est apparue qu'elle était inquiète et pâle : il lui avait suffi d'un jour d'éloignement pour sembler épuisée. Elle m'a écouté en pleurant et elle a déclaré :

– Et donc il t'est arrivé à toi aussi des choses terribles, grande sœur !

Elle m'a raconté que depuis ce soir-là et pendant toute la journée du lendemain, elle avait été persécutée par Watanuki.

– Puisque grande sœur et toi, vous complotez pour me rouler, je vous ai prises de court et je suis allé au bureau d'Imabashi pour confier à Kakiuchi tout ce que je sais de sa femme. C'est pour ça qu'il est venu à Kasayamachi : c'est pour en avoir le cœur net. Tu as bien vu comment il l'a emmenée : tu pourras l'attendre un siècle, elle ne reviendra plus !

29

Watanuki avait ajouté :

– Je suppose que tu étais plus ou moins au courant du serment que grande sœur et moi avions échangé : à présent ce contrat n'est qu'un bout de papier, c'est pourquoi je n'ai pas craint de l'abandonner à son mari. J'ai ici le reçu.

Il l'avait sorti d'une poche intérieure de sa veste et il le lui avait montré.

– Voilà, tu vois ce qui est écrit : « Je veillerai à ce que ma femme agisse conformément, etc. »

Il lui avait lu l'une après l'autre les clauses en cachant cependant de sa main celle qui était conditionnelle, qui lui était défavorable.

– Maintenant que j'ai obtenu ce reçu de Kakiuchi, nous n'avons plus à nous inquiéter de grande sœur. Tu devrais, toi aussi, t'engager par écrit.

Il avait sorti de sa poche intérieure une espèce de brouillon selon lequel Mitsuko et Watanuki devraient former à tout jamais un même corps et un même esprit, et elle devrait le suivre jusque dans la mort ; on donnait également la liste des punitions qui lui seraient infligées si jamais elle ne respectait pas son engagement : autant d'exigences excessives que l'égoïsme seul dictait.

216

– Si tu ne vois aucune objection, tu n'as qu'à signer et mettre ton sceau.

Elle s'y était opposée :

– Je ne veux pas. Je ne connais personne qui ait un tel culot ! Tu ne cesses de répéter : « J'exige une promesse écrite, j'exige une promesse écrite. » Et tout ça, c'est pour nous faire chanter !

– Mais tu n'as rien à craindre, du moment que tu ne changes pas d'avis.

Il avait alors voulu la contraindre à prendre un stylo.

– Il ne s'agit pas d'un prêt d'argent. Est-ce que tu espères asservir une âme avec une promesse écrite ? Tu visais autre chose, n'est-ce pas ?

– Pourquoi est-ce que tu ne veux pas signer ? Tu penses que tes sentiments changeront. Je vois juste, n'est-ce pas ?

– On aura beau signer, l'avenir est imprévisible.

– Si tu t'obstines à t'opposer à moi, tu ne tarderas pas à avoir des ennuis. Même sans ton serment écrit, j'ai ici assez de preuves pour te faire chanter.

Il avait alors sorti une petite photo de son portefeuille et la lui avait montrée. Chose surprenante, c'était la copie du serment que mon mari avait récupéré. Il précisa qu'avant de passer au bureau d'Imabashi, il avait fait faire cette photo. Peut-être Kakiuchi n'aurait-il pas l'intention de rendre l'original, mais il n'était pas le genre d'homme à se laisser doubler. S'il montrait photo et reçu à un journaliste, il ferait des pieds et des mains pour me convaincre de les lui rendre et si Watanuki y était acculé, il serait prêt à adopter les solutions les plus extrêmes. – Et il avait alors conclu :

217

– Obéis-moi, sinon, je peux te garantir qu'un avenir sinistre t'attend.

– Tu vois comme tu es veule ! Mais mon parti est pris : si tu as en ta possession tout ce que tu prétends avoir, pourquoi ne cesses-tu pas de persécuter les gens et ne vas-tu pas directement à un journal pour vendre ta marchandise ?

C'est sur cette querelle qu'ils s'étaient quittés. Dans la crainte de se montrer trop faible, Mitsuko n'était pas venue, ce jour-là, à Kasayamachi, mais dès qu'elle avait reçu mon coup de fil, elle était accourue chez moi. Il y avait peu de chances pour que Watanuki, qui n'était pas encore sûr qu'ils eussent rompu, entreprît une action qui risquait de lui nuire à lui-même, mais maintenant plus que jamais la meilleure solution était de gagner mon mari à sa cause. Nous avons décidé de mener à bien le plan que j'avais imaginé.

– Si nous devons nous enfuir dans un lieu proche, a proposé Mitsuko, nous pourrions nous réfugier dans notre maison de Hamadera.

Cette année-là, un couple de gardiens y demeurait seul. Si Mitsuko avait prétexté qu'elle voulait nager et avait demandé à être accompagnée d'Umé, elle pouvait y rester quatre ou cinq jours, sans que sa famille s'en inquiétât. Je sortirais en catimini de la maison et je les retrouverais, la bonne et elle, à la gare de Namba. Quand nous arriverions toutes les trois à Hamadera, mon mari s'apercevrait de mon absence et, avant toute chose, il téléphonerait chez Mitsuko. Dès qu'il saurait où elle se trouvait, il téléphonerait à Hamadera. Umé répondrait :

« Votre femme et ma maîtresse se sont empoisonnées et elles sont plongées dans le coma. C'est un suicide prémédité parce qu'elles ont laissé des lettres d'adieu. J'allais justement téléphoner à la maison et chez vous. Venez tout de suite. »

Sans aucun doute, il serait accouru. – Umé aurait donc un rôle important à jouer, mais il était avant tout essentiel que nous sussions comment feindre le coma : même si nous étions de bonnes comédiennes, nous serions bien obligées de prendre ce médicament. Nous ne savions pas quelle serait la dose à prendre pour que le médecin diagnostiquât que notre vie n'était pas en danger et qu'il nous suffirait de nous reposer deux ou trois jours. Mais le barbiturique Bayer auquel Mitsuko était habituée ne paraissait pas excessivement dangereux :

– On pourrait prendre une tablette entière des plus petites pilules, sans rien risquer. Contentons-nous d'une dose plus modeste et tout se passera bien. Et si, par erreur, nous devions trouver la mort, peu m'importerait, grande sœur, puisque je serais avec toi.

– Tu as raison, cela me serait égal, à moi aussi.

Et quand mon mari arriverait, Umé lui dirait :

« Comme vous verrez, elles ont encore l'esprit très embrumé, mais le médecin a assuré qu'il n'y a plus aucun danger : elles se sont déjà ressaisies, elles ouvrent les yeux de temps en temps. A vrai dire, je devrais avertir la famille, mais on ferait des reproches à Mademoiselle et Madame m'en voudrait beaucoup, c'est pour cela que je n'ai pas téléphoné. Je vous prie de garder le secret. Il n'est pas possible qu'elles rentrent à la maison cette nuit : laissez donc votre femme se reposer ici, comme si elle était venue en villégiature avec nous, jusqu'à ce qu'elle aille mieux. »

Nous serions restées alitées deux ou trois jours, en faisant semblant de dormir, de délirer, de nous réveiller en sanglots ; pendant ce temps, Umé joue-rait son rôle en demandant au bon moment :

« Si vous voulez les sauver, écoutez leurs requê-tes. »

Mon mari serait bien forcé d'accepter.

– Alors, quel jour on décide ?

– Comment veux-tu que je prenne une décision en étant aussi surveillée ? Aujourd'hui est notre seule possibilité.

– Moi aussi, je préfère que nous nous dépê-chions, parce que Watanuki pourrait revenir m'ennuyer.

Pendant que nous parlions, mon mari ne cessait de m'appeler au téléphone. Je ne pouvais même pas fuir parce qu'il s'en serait rendu compte avant notre arrivée à Hamadera. Entre notre fuite et nos retrouvailles, il fallait bien compter au moins deux ou trois heures, autrement nous n'aurions pas eu assez de temps et mieux valait y renoncer. Au début, j'avais pensé dire :

« Je vais me reposer jusqu'à ce soir. Je ne veux pas être réveillée. »

J'aurais interdit à mon mari de me téléphoner et je me serais enfermée dans ma chambre, j'aurais sauté par la fenêtre et je me serais enfuie ; mais la maison était de style occidental, le mur lisse n'offrait aucune prise pour les pieds et puis la plage en bas grouillait de baigneurs et il n'était pas question pour moi de me donner en spectacle ainsi. Je changeai d'avis et après avoir réfléchi ensemble, nous avons décidé que je resterais bien sage pendant deux ou trois jours et puis, profitant de la distraction de mon mari et de la bonne, je me serais éloignée en faisant semblant d'aller me baigner et je me serais enfuie. Au bout de deux ou trois jours, en effet, quand mon mari aurait commencé à me faire confiance, au moment où il se serait apprêté à sortir, je l'aurais averti :

« Si je reste à la maison du matin au soir, je finirai par ressembler à une malade. Permets-moi au moins d'aller à la mer. Je ne porterai que mon maillot de bains et je resterai là, sur la plage d'en face, sans m'en éloigner. »

Et puis, je me serais en effet dirigée vers la mer avec simplement mon maillot sur moi. Umé et Mitsuko m'auraient attendue sur la plage avec des vêtements et je me serais aussitôt changée. L'idéal aurait été une robe occidentale que j'aurais pu enfiler par-dessus mon maillot et un chapeau dont j'aurais rabattu les bords pour cacher mon visage. La plage pullulait de gens : personne ne s'en serait aperçu. Comme, à cette époque, je ne portais presque jamais de vêtements occidentaux, m'aurait-on remarquée, on ne m'aurait pas reconnue. Nous nous serions donné rendez-vous entre dix heures du matin et midi, quand mon mari se serait trouvé sans aucun doute à Osaka. Quant à la date, s'il ne pleuvait pas, j'aurais préféré dans trois jours ; et si cela ne marchait pas, on reporterait la chose au quatrième ou au cinquième jour et ainsi de suite ; Mitsuko et Umé viendraient tous les jours, jusqu'à ce que je pusse m'enfuir. Tout en réfléchissant, nous avons eu alors une autre excellente idée : Mitsuko, la veille de ma fugue, se rendrait le soir

221

avant nous à Hamadera. Ainsi, si jamais mon mari téléphonait chez elle pour avoir de mes nouvelles, on lui répondrait :

« Depuis hier, Mitsuko est à la campagne. »

Et quand il aurait réussi à la joindre, elle lui dirait, elle-même :

« Grande sœur ne sait pas que je suis ici. Il n'est pas possible qu'elle vienne ici. »

Il aurait alors pensé que je n'étais pas partie bien loin, que peut-être je m'étais noyée, et avant tout, il m'aurait fait chercher dans la mer. Au moment opportun, Umé lui aurait téléphoné :

« Je dois vous avertir que votre femme est arrivée tout à l'heure. Je me suis absentée un instant et entre-temps un malheur terrible est arrivé. »

Nous avons essayé de calculer le temps nécessaire à la réalisation de ce plan : une heure et demie, peut-être deux, pour que ma bonne s'en aperçût, une autre pour qu'elle avertît mon mari à Osaka, pour qu'il commençât les recherches par téléphone et revînt à la maison, une heure ou deux pour passer au peigne fin la plage et le voisinage, une heure et demie environ pour qu'il arrivât à Hamadera après le coup de fil d'Umé. Bref, nous aurions eu devant nous cinq ou six heures, ce qui était suffisant pour mener à bien nos préparatifs. Ça m'ennuyait pour Umé qui serait obligée d'accompagner la veille Mitsuko à Hamadera et qui, le jour fixé, devrait revenir à dix heures à Kôroen pour m'attendre sur la plage, restant s'il le fallait une heure ou deux en pleine canicule. Et peut-être en plus devrait-elle m'attendre en vain et revenir deux ou trois jours d'affilée. Mais Mitsuko m'a rassurée :

– Elle le fera sans problème. Elle adore ce genre d'intrigues.

Nous avons tout réglé dans le détail pour que rien ne nous échappe et en nous quittant nous nous sommes souhaité « bonne chance ». Il était une heure de l'après-midi, quand Mitsuko est partie et elle avait failli croiser mon mari qui est rentré presque aussitôt après. Je pensais que nous avions eu de la chance de ne pas avoir choisi ce jour-là pour notre escapade.

30

Hé oui... Finalement, c'est le troisième jour que j'ai pris la fuite. Le temps et l'heure se prêtaient parfaitement à mon plan : tout juste après dix heures, j'ai mis mon maillot de bains et je suis descendue vers la plage. J'ai aperçu Umé à laquelle j'ai fait un clin d'œil et, sans un mot, nous avons couru le long de la mer sur près d'un kilomètre ; puis, j'ai enfilé une robe légère et pris un petit sac contenant dix yens, et, dissimulant mon visage avec l'ombrelle, j'ai marché rapidement à quelques pas d'Umé en direction de la route nationale. Heureusement, un taxi passait justement, j'y suis montée et en cinq sec j'étais à Namba. Avant onze heures et demie, j'étais déjà dans la villa. Umé est arrivée une demi-heure plus tard.

– Comme vous avez été rapide, s'est-elle écriée. On ne pouvait mieux faire. Allez ! Si vous traînez, on va déjà recevoir les coups de téléphone.

Elle nous a conduites, en nous poussant presque, vers une maisonnette à toit de chaume, qui s'appelait l'« Ermitage » et qui s'élevait au milieu du jardin à quelque distance du bâtiment principal. Dès notre entrée, j'ai aperçu au chevet du lit des verres d'eau et les pilules. J'ai ôté ma robe et j'ai revêtu un peignoir ; je me suis assise en face de Mitsuko, en me disant que peut-être je voyais le monde pour la dernière fois et que je risquais vraiment la mort.

– Si par erreur, je devais mourir, me suivrais-tu dans la mort, ma petite Mitsuko ?

– Et toi aussi, grande sœur, tu m'accompagneras, n'est-ce pas ?

Nous mêlions des larmes à nos baisers. Elle m'a montré les lettres d'adieu, la première adressée à ses parents, la seconde à mon mari.

– Lis-les, m'a-t-elle proposé.

Je lui ai tendu, à mon tour, celle que j'avais écrite. Nous les avons comparées : nous les avions vraiment rédigées comme nos derniers messages. En particulier, dans celle de Mitsuko à mon mari, on pouvait lire :

« Je ne sais comment me faire pardonner d'avoir entraîné votre femme. Admettez que c'est là le destin et résignez-vous. »

Ces termes émouvraient sans aucun doute mon mari et lui feraient oublier sa rancœur. Nous-mêmes, à cette lecture, nous avions l'impression que c'était la vérité et qu'inéluctablement nous mourrions. Nous avons traîné une heure jusqu'à ce que nous entendions le claquement des sandales d'Umé.

– Mademoiselle, Mademoiselle ! On vous appelle enfin d'Imabashi. Si vous avez encore le temps, venez lui dire un mot.

Mitsuko l'a suivie précipitamment et quand elle eut raccroché, elle est revenue me dire :

– Tout s'est bien passé. Allons, nous n'avons plus à hésiter maintenant.

Nous nous sommes serré une fois encore les mains en tremblant, désespérées de devoir nous dire adieu et nous avons avalé les pilules. Pendant près d'une demi-journée, j'ai perdu tout à fait conscience. On m'a dit par la suite que vers huit heures, j'ai commencé à ouvrir les yeux par intermittence et que j'ai jeté autour de moi des coups d'œil hagards. Des deux ou trois jours qui ont suivi, je n'ai conservé aucun souvenir distinct... J'avais la tête prise dans un étau, je suffoquais, j'avais une nausée irrépressible et j'avais devant moi l'image de mon mari assis à mon chevet. Enfin, j'avais l'impression de glisser d'un rêve à l'autre, où mon mari, Mitsuko, Umé et moi, partions tous les quatre en voyage, nous nous couchions sous une moustiquaire, dans la chambre exiguë d'une auberge, Mitsuko et moi dormions au centre, entre mon mari et Umé... Cette scène restait vaguement imprimée dans mon esprit comme la partie d'un rêve ; d'après certains détails du décor, le rêve s'était mêlé à la réalité. Par la suite, je devais apprendre qu'en pleine nuit on avait transporté ma couche dans la pièce voisine et que Mitsuko avait ouvert les yeux en m'appelant :

– Grande sœur ! Grande sœur !

Elle paraissait délirer et gémissait en pleurant.

– Ma grande sœur a disparu ! Rendez-la-moi ! Rendez-la-moi !

C'est ce qui les avait obligés à m'enlever de là. Et dans mon rêve, cet endroit s'était transformé en chambre d'auberge. J'avais également rêvé de bien d'autres situations étranges, je faisais la sieste, toujours dans une auberge, et, par instants, j'entendais Watanuki et Mitsuko qui chuchotaient en cachette :

– Est-ce qu'elle dort vraiment, grande sœur ?

– Il serait très ennuyeux qu'elle se réveille.

J'écoutais dans un état de demi-sommeil et je me demandais :

– Où suis-je ? Je dois me trouver à Kasayama-chi.

Malheureusement, ils étaient derrière moi, mais je comprenais tout de même qu'il s'agissait d'eux.

J'avais été bel et bien trompée : j'avais été la seule à prendre les pilules et tout de suite après Mitsuko avait appelé Watanuki :

« Ah ! j'enrage, j'enrage, pensais-je, si je pouvais seulement me lever, leur arracher leur masque... »

J'essayais de me lever sans réussir à faire un seul mouvement. Je désirais crier, mais plus je prodiguais d'efforts, plus je sentais ma langue se raidir. Je n'arrivais même pas à ouvrir les yeux. Et j'étais furieuse à la pensée de ce que j'aurais pu faire. J'étais en proie à une nouvelle torpeur... J'entendais encore leurs voix pendant longtemps. Mais, chose étrange, la voix masculine n'était plus celle de Watanuki : c'était celle de mon mari... Qu'est-ce qu'il faisait ici ? Pourquoi était-il aussi intime avec Mitsuko ?

– Est-ce que grande sœur va se mettre en colère ?

– Mais non, c'est justement ce que Sonoko désire le plus au monde.

– Alors, nous serons enfin bons amis tous les trois.

Tout cela m'arrivait par bribes.

Quand j'y réfléchis à présent, je ne sais plus s'ils se parlaient vraiment ou si j'avais ajouté à la réalité l'imagination onirique... et ensuite, euh... j'ai essayé d'effacer ces souvenirs, en me disant que ce n'était qu'une illusion de mon âme égarée, sans aucun fondement ; et il y a d'autres scènes que je n'ai pas réussi à oublier... Au début, je croyais qu'il ne s'agissait que d'un rêve idiot, mais une fois passé l'effet du somnifère et quand j'ai retrouvé l'acuité de ma conscience, alors que tous les autres rêves avaient disparu, je conservais cette image en moi : je ne pouvais plus douter. Quoique j'aie avalé la même quantité de médicaments, j'étais restée plus longtemps dans le coma, parce que Mitsuko, vers onze heures, avait bien mangé, alors que j'étais sortie sans avoir pris mon petit déjeuner et que je m'étais beaucoup agitée. Tandis que je flottais encore dans le monde des rêves, Mitsuko avait vomi tous les barbituriques et elle avait donc repris connaissance, bien avant moi. Mais elle devait me dire par la suite :

– Je ne m'en étais pas aperçue, je croyais que la personne qui se trouvait près de moi était toi.

Si la chose était vraie, c'était donc la faute de mon mari. D'après les aveux de mon mari, le lendemain après-midi, alors qu'Umé se trouvait dans le bâtiment principal, en contemplant mon visage, il essayait d'éloigner les mouches avec un éventail, quand Mitsuko, comme dans un délire, avait chuchoté :

– Grande sœur.

Et elle s'était approchée de moi. Mon mari, craignant que je ne me réveille, s'était glissé entre

228

nous et il avait essayé de nous séparer, en prenant Mitsuko entre ses bras, il avait remis en place le coussin qu'elle avait écarté et il nous avait rebordées... Sa vigilance s'était relâchée et il avait cru en toute bonne foi qu'elle était endormie ; quand il s'en était finalement aperçu, il n'avait plus pu fuir. En effet, mon mari n'avait guère d'expérience dans ce domaine, c'était un vrai enfant et je pense que c'était lui qui disait la vérité.

31

Quoi qu'il en soit, il est inutile de se demander qui des deux a pris l'initiative. A présent, ils s'étaient trompés et malgré leurs remords, ils s'enferraient. Sans aller jusqu'à disculper entièrement mon mari, j'éprouvais de la pitié à son égard, parce que, comme j'ai eu plusieurs fois l'occasion de le dire, il existait entre nous une certaine incompatibilité et de même que j'avais toujours cherché ailleurs quelqu'un à aimer, de même lui aussi, inconsciemment, cherchait ailleurs. De plus, à la différence des autres hommes, il ne savait pas conjurer sa frustration avec des femmes faciles ou de l'alcool, il se trouvait donc dans un état d'esprit beaucoup plus disposé à la séduction : ce qui devait arriver arriva. Une passion aveugle, comme un barrage qui cède, avait écrasé sur son passage les forces de la volonté et de la raison : la frénésie de mon mari avait été dix fois, vingt fois plus intense que celle de Mitsuko. Je pouvais donc comprendre son changement, à lui, mais quelles pouvaient être les intentions de Mitsuko ? Etait-elle vraiment endormie, s'était-il agi d'un accès de folie ? A moins qu'elle ne poursuivît un but précis ? Autrement dit, avait-elle voulu remplacer par mon mari Watanuki, au lieu de l'abandonner purement et simplement, avait-elle noué avec mon mari une relation propre à nous rendre jaloux et lui permettant de nous manœuvrer ? Par nature, elle aspirait à s'entourer du plus grand nombre d'admirateurs : peut-être avait-elle repris cette mauvaise habitude. Sinon, elle disait :

– Je m'aperçois maintenant que j'ai agi de manière inexcusable, mais il est plus commode qu'il en soit ainsi pour le garder comme allié.

Et elle voulait l'embringuer dans ses manigances. En tout cas, il aurait été difficile de démêler les nœuds qui embrouillaient son âme. Probablement, aux raisons déjà invoquées s'était ajoutée l'impulsion du moment. Comme ils ne me l'avouèrent que beaucoup plus tard, au début, je n'approfondissais pas beaucoup la question : je restais allongée avec le vague soupçon d'avoir été flouée. Même lorsque Umé s'est approchée de mon chevet et m'a dit :

– Madame, vous pouvez être tranquille, maintenant, votre mari a tout compris.

J'ai éprouvé en même temps de la joie et de la rancœur et je ne me suis pas montrée ravie. Ils ont commencé à se douter que je les suspectais. Le soir du troisième jour, le médecin m'a annoncé :

– Vous pouvez vous lever.

Et le lendemain matin, nous avons quitté Hamadera. C'est alors que Mitsuko m'a déclaré :

– Grande sœur, tu n'as plus de raisons de t'inquiéter. Je viendrai te voir et nous parlerons de tous les détails.

Elle me semblait être en proie à des remords et

son attitude était bizarrement formelle. Mon mari avait dû s'entendre avec Mitsuko parce que, dès qu'il m'eut raccompagnée à Kôroen, il s'en est allé en me disant :

– Il faut que je liquide du travail en retard. Je vais au bureau.

Il est rentré après six heures du soir et il s'est contenté de m'expliquer :

– J'ai déjà dîné.

Il faisait comme s'il avait eu peur de me parler. Je savais qu'il n'était pas du genre à tromper les autres, la conscience tranquille. Je pensais qu'il finirait par avouer quelque chose et mon intention était d'augmenter sa gêne, en feignant l'indifférence. L'heure venue, je me suis couchée avant lui : j'avais l'impression qu'il était de plus en plus agité. A minuit, il n'avait pas encore trouvé le sommeil, il se retournait dans tous les sens, de temps à autre il entrouvrait les paupières et il me regardait à la dérobée, en guettant ma respiration : malgré l'obscurité, je sentais tout cela.

– Ecoute-moi, a-t-il dit au bout d'un moment, en me prenant la main. Comment te sens-tu ? Tu n'as plus mal à la tête ? Si tu es encore réveillée, je voudrais te parler.

Et ensuite :

– Tu... tu es au courant, n'est-ce pas ?... Je t'en prie, pardonne-moi. Il faut que tu supportes cela, comme une fatalité.

– Ah, ce n'était donc pas un rêve...

– Excuse-moi, dis-moi au moins une fois que tu me pardonnes.

J'ai éclaté en sanglots néanmoins. Il m'a tapoté les épaules pour me consoler.

– Moi aussi, je voudrais croire que ce n'est qu'un rêve... j'aimerais l'oublier, en pensant que ce n'était qu'un cauchemar... mais maintenant, je ne peux plus oublier. Pour la première fois, j'ai compris ce qu'était l'amour. Maintenant, je comprends pourquoi tu étais tellement folle d'elle. Tu disais que j'étais incapable de passion et en fait, ce n'était pas vrai. Si je te pardonne, est-ce que tu me pardonneras, toi aussi ?

– Tu me confies tout cela, parce que tu veux te venger, n'est-ce pas ? Tu complotes maintenant avec elle, pour me laisser toute seule...

– Ne dis pas de bêtises ! Je ne suis pas quelqu'un d'aussi abject ! Maintenant que j'ai enfin compris tes sentiments, pourquoi devrais-je te faire souffrir ?

Il m'a raconté qu'en sortant du bureau, il avait retrouvé Mitsuko pour discuter de la situation. Si seulement j'avais accepté, il aurait pris sur lui tous les problèmes et il aurait réglé les choses avec Watanuki pour qu'il ne nous donne plus de tracas. Mitsuko viendrait me voir le lendemain, mais elle appréhendait de me retrouver et elle lui avait demandé :

– Présente tes excuses à grande sœur.

Ce n'était pas un homme dont on dût se méfier : je pouvais bien lui passer ce que j'avais pardonné à Watanuki. C'était bien vrai : mon mari n'était pas capable de tromper, mais c'était Mitsuko qui m'inquiétait. C'est lui-même qui affirmait :

– Je suis différent de Watanuki, tu n'as pas de souci à te faire.

Mais c'était justement ce « différent » qui m'angoissait, car Mitsuko, qui rencontrait là pour la première fois un vrai homme, pouvait s'être éprise sincèrement, comme jamais cela ne lui était arrivé jusque-là. C'est pourquoi elle aurait pu m'abandonner sous le prétexte idéal qu'un amour normal fût plus noble qu'un amour contre nature. Et elle aurait tout juste eu un peu mauvaise conscience... Si Mitsuko avait avancé cet argument, je n'aurais pas pu dire à mon mari qu'elle était dans l'erreur, mais c'est plutôt lui qui se serait laissé convaincre et qui m'aurait dit :

« Permets-moi d'épouser Mitsuko. »

Et le jour ne viendrait-il pas où je l'entendrais dire :

« Nous avons eu tort de nous marier. Il y a entre nous une incompatibilité d'humeur. En restant ensemble, nous continuerions à être malheureux tous les deux. Mieux vaut nous séparer. » ?

Moi, qui avais l'habitude de défendre la liberté en amour, je n'aurais pas pu dire non. Les gens auraient trouvé normal qu'il voulût se séparer d'une femme comme moi : peut-être exagérais-je de m'inquiéter de choses qui concernaient l'avenir, mais j'avais l'impression que pesait sur moi un destin inéluctable. D'ailleurs, si je n'avais pas accepté les conditions de mon mari, je n'aurais pas pu revoir Mitsuko le lendemain.

– Ce n'est pas que je ne te fasse pas confiance, mais, je ne sais pas pourquoi, j'ai un mauvais pressentiment.

Je continuais à sangloter en disant cela.

– Quelle sottise ! C'est le fruit de ton imagination. Si l'un de nous doit être malheureux, c'est tous les trois ensemble que nous mourrons, n'est-ce pas ?

Il s'est mis à pleurer à son tour. Nous avons pleuré ensemble jusqu'à l'aube.

32

A partir du lendemain, mon mari s'est employé avec énergie à obtenir la compréhension de la famille de Mitsuko et à résoudre tous les problèmes avec Watanuki. Avant tout, il s'est rendu chez les Tokumitsu, il a demandé à voir la mère et il a commencé par dire :

– Je suis le mari de Sonoko, l'amie de votre fille, qui m'a chargé d'une mission. Je dois vous informer que votre fille est importunée par un individu peu recommandable.

Il avait ajouté qu'en réalité cet homme avait une particularité physiologique qui l'empêchait d'attenter à la vertu de Mitsuko, mais que c'était un être ignoble et qu'il répandait le bruit privé de tout fondement que Mitsuko lui donnerait un fils et qu'elle avait une liaison homosexuelle avec moi ; qu'il l'avait même contrainte à signer un papier grâce auquel peut-être il viendrait les faire chanter et qu'il ne fallait absolument pas y prêter attention.

– Je sais mieux que quiconque, poursuivait-il, l'innocence de votre fille et, en tant que mari, je puis vous assurer que les rapports de ma femme avec elle ne sont pas scabreux comme le prétend ce bonhomme. En tant qu'ami, je me sens le devoir de prêter main-forte, même si on ne me le demande pas. Je vous prie de me confier toute l'affaire. Je prends sous ma responsabilité la sécurité de votre fille. Si cet homme vient vous ennuyer, je vous conseille de ne pas le recevoir, mais de lui dire : « Adressez-vous donc au bureau d'Imabashi. »

Quelqu'un qui n'avait jamais menti de toute sa vie a donc réussi à tenir ce genre de propos par amour. Après avoir merveilleusement embobiné la mère de Mitsuko, il s'est rendu chez Watanuki et il a vite fait de tout régler avec de l'argent, il s'est fait confier la photo du papier et le négatif qu'il vendrait aux journaux, le reçu que mon mari lui avait donné et tout ce qui pouvait constituer une preuve. Il est parvenu à résoudre tous les problèmes en deux ou trois jours, mais Mitsuko et moi, nous ne pouvions pas croire que malgré tous ses efforts, il aurait vraiment su convaincre Watanuki de se retirer. Il ne suffisait pas de s'emparer du négatif. Peut-être avait-il pris d'autres photos, on ne sait pas ce qu'il complotait.

– Combien lui as-tu donné ? lui ai-je demandé.

– Il exigeait mille yens, mais j'ai marchandé jusqu'à cinq cents. Maintenant que je connais tous ses trucs, il doit avoir pensé qu'il ne pourrait plus faire chanter personne et il a donc décidé de se contenter de cette somme.

Mon mari était très rassuré. En apparence, tout s'était déroulé selon nos plans. Umé était la seule à avoir tiré la mauvaise carte, parce qu'ils l'avaient renvoyée en lui disant :

– Comment n'as-tu pas eu le bon sens de prévenir tes patrons ?

Elle éprouvait donc à notre égard une sourde
rancœur. – A vrai dire, nous avions fait preuve
d'une négligence inexcusable en permettant qu'on
la punît après toute la peine qu'elle s'était donnée
pour nous, aussi lors de son renvoi, lui ai-je fait de
nombreux présents et ai-je essayé de l'amadouer ;
je n'aurais jamais imaginé alors qu'elle pourrait se
venger par la suite.

– Vous n'avez aucun souci à vous faire maintenant, avait dit mon mari aux parents de Mitsuko.

Le père était donc personnellement allé au
bureau pour le remercier et la mère était venue
me voir.

– Comme vous le savez, m'a-t-elle dit, Mitsuko
est une enfant gâtée : je vous prie de vous occuper
d'elle comme s'il s'agissait de votre petite sœur.
Quand nous la savons chez vous, nous sommes
tranquilles. Si elle dit qu'elle veut aller quelque
part, je ne le lui permettrai que si vous l'accompa-
gnez.

Elle avait une confiance absolue en moi. Umé
fut remplacée par une autre bonne nommée Saki,
qui l'accompagnait tous les jours chez nous au vu
et au su de tous : même si Mitsuko passait des
nuits à la maison, sa mère ne trouvait rien à
redire. Bien que les relations avec l'extérieur aient
évolué de façon favorable, nos rapports étaient
marqués par une méfiance encore plus profonde
qu'en présence de Watanuki ; jour après jour,
nous sombrions dans un abîme infernal. Il y avait
à cela plusieurs raisons : autrefois, nous avions un
endroit commode comme l'auberge de Kasayama-

237

chi, mais maintenant nous n'avions plus rien de tel à notre disposition et, en eût-il été autrement, nous n'aurions pu nous isoler pour sortir : nous n'avions d'autre ressource que de rester à la maison, et là aussi, au fond, un de nous deux, mon mari ou moi, était de trop et aurait dû avoir le tact de se retirer spontanément. Mitsuko, qui en avait conscience, au moment de sortir, téléphonait toujours au bureau d'Imabashi et disait à mon mari :

– Je vais à Kôroen.

Il pouvait donc tout de suite rentrer à la maison. Comme nous nous étions promis de ne rien nous cacher, je ne pouvais lui interdire de l'avertir, mais elle aurait pu, du moins, me rejoindre plus tôt le matin, alors qu'habituellement elle n'arrivait qu'à deux ou trois heures de l'après-midi, ce qui nous laissait très peu de temps de solitude. Par ailleurs, mon mari, dès qu'il recevait l'appel de Mitsuko, se précipitait chez nous, toutes affaires cessantes.

– Rien ne t'oblige à nous rejoindre aussi tôt, lui faisais-je remarquer. Tu ne me laisses pas une minute pour lui parler.

– J'aurais voulu rentrer plus tard, rétorquait-il, mais je n'ai rien à faire au bureau.

Ou bien :

– Si je suis loin, ça travaille dans ma tête. Il me suffit d'être à la maison pour me sentir rassuré. Je pourrais descendre au rez-de-chaussée et je ne vous ennuierai pas.

Ou encore :

– J'aimerais bien que tu comprennes qu'alors que vous avez tout le temps pour rester ensemble toutes les deux, je n'ai pas du tout cette possibilité.

Après quelques questions de ma part, il a fini par avouer :

– En fait, Mitsuko s'est fâchée et m'a demandé : « Pourquoi n'es-tu pas rentré, alors que je t'avais téléphoné ? Les sentiments de grande sœur sont bien plus sincères que les tiens. »

Je n'arrivais pas à comprendre ce qui dans sa jalousie relevait de la sincérité ou de la stratégie. Il y avait en elle une certaine folie. Par exemple, quand je disais « mon chéri » à mon mari, elle avait les yeux qui s'embuaient aussitôt et elle protestait :

– Maintenant, vous n'êtes plus mari et femme, tu ne dois plus l'appeler « mon chéri ». En présence d'étrangers, d'accord, mais en privé, il y a d'autres manières de se parler : j'exige que tu l'appelles « monsieur Kôtarô » ou « mon petit Kôtarô ».

Et elle voulait que mon mari ne m'appelât plus « ma chérie » ni même Sonoko, mais « mademoiselle Sonoko » ou « grande sœur ». Tout cela n'était rien, mais un soir, elle a apporté un somnifère et du vin et nous a dit :

– Avalez et dormez : je ne m'en irai que lorsque je serai sûre que vous êtes endormis et ne discutez pas !

Au début, j'ai pensé qu'elle plaisantait, mais pas du tout. Elle a en effet expliqué :

– Je me suis fait préparer un somnifère particulièrement efficace.

Et elle a placé devant mon mari et moi deux sachets de poudre. Elle a ajouté :

– Si vous voulez me jurer fidélité, donnez-m'en une preuve en avalant.

Un soupçon m'a traversé l'esprit :

« Et si c'était du poison ? Ne manigancerait-elle pas de m'endormir, moi seule, pour l'éternité ? »

Et plus elle nous incitait à avaler, plus l'affaire me paraissait douteuse. J'ai dévisagé Mitsuko. Mon mari semblait avoir été frappé de la même crainte, il avait laissé tomber un peu de poudre sur son annulaire et comparait sa couleur avec celle de la mienne, en guettant attentivement l'expression du visage de Mitsuko et du mien. Tout à coup, elle s'est impatientée :

– Pourquoi est-ce que vous n'avalez pas ? Pourquoi est-ce que vous n'avalez pas ?

Et en tremblant, elle a ajouté :

– Ah, je comprends, vous m'avez eue !

Et elle a éclaté en sanglots. Désormais, je ne pouvais plus me dérober, j'ai décidé d'avaler la poudre, y eussé-je dû laisser ma peau. J'ai porté le sachet à mes lèvres. Mais mon mari en me voyant faire s'est écrié :

– Sonoko !

Il m'a prise par la main.

– Attends ! Au point où on en est, nous n'avons qu'à tenter notre chance et voir sur qui cela tombera. Échangeons les sachets.

– D'accord, faisons comme ça, on n'a qu'à avaler en même temps. Une, deux, trois...

Et nous avons avalé la poudre.

33

A cause du plan de Mitsuko, combien nous nous étions soupçonnés, mon mari et moi, combien nous devenions jaloux ! Tous les soirs au moment de prendre le somnifère, je me disais :

« Est-ce que je ne serai pas seule à m'endormir ? Est-ce que mon mari ne va pas avaler un placebo, est-ce qu'il ne va pas faire semblant de dormir ? »

J'aurais voulu feindre de l'avaler et le recracher, mais Mitsuko avait les yeux fixés sur nos mains, pour vérifier que nous ne la trompions pas. Comme elle n'était pas assez sûre, elle a fini par nous proposer :

– Je vais vous le faire prendre moi-même.

Se plaçant entre nos deux lits, elle tenait un sachet dans chaque main, pour éviter toute jalousie entre nous : elle nous a mis sur le dos, elle nous a demandé d'ouvrir la bouche, elle y a versé la poudre et puis – vous voyez ces « canards » à bec allongé dans lesquels on donne à boire aux malades –, elle tenait un de nous deux par la main pendant qu'elle versait l'eau par ce moyen dans la bouche de l'autre, sans marquer de préférence.

– Il faut en boire davantage, pour que vous vous endormiez tout de suite.

Tout en disant cela, elle remplissait les récipients deux ou trois fois et nous les vidait dans la bouche. J'essayais de toutes mes forces de rester éveillée le plus longtemps possible en feignant le sommeil, mais elle nous ordonnait de ne pas changer de position et de rester sur le dos pour pouvoir nous regarder dans les yeux, assise entre les deux lits : elle restait là à nous surveiller, sans nous quitter des yeux, attentive à notre respiration ; elle essayait de nous faire battre des paupières, elle mettait sa main sur notre cœur et vérifiait par mille autres moyens que nous étions endormis, avant de nous laisser. Mais quel besoin avait-elle de faire tout cela ? De toute façon, nous ne nous conduirions plus comme un couple marié. Même si elle nous avait laissés tranquilles, nous ne nous serions pas frôlés du petit doigt, il n'y avait pas de couple plus calme que nous. Mais elle disait :

– Si vous voulez dormir dans la même chambre, il faut prendre le somnifère.

Peu à peu, le médicament perdait de son efficacité et elle a été forcée d'augmenter les doses et de modifier la composition. C'était tellement fort que l'effet se prolongeait après notre réveil : la sensation que j'éprouvais le matin en me réveillant, qu'en dire ? J'avais la nuque paralysée, les membres ankylosés, la nausée et je n'avais pas la force de me lever de mon lit. Un jour, mon mari qui avait comme moi le visage pâle et maladif m'a dit, en soupirant, la bouche pâteuse comme s'il avait encore le goût du médicament :

– Si nous continuons ainsi, nous finirons par mourir d'intoxication.

En l'observant, j'étais presque soulagée à la pensée que lui aussi avait pris le somnifère. Et si je doutais de lui, tout aurait été réduit à une simple comédie. Je lui ai demandé :

– Dis-moi, pourquoi nous force-t-elle à prendre ce somnifère tous les soirs ?

– Hé oui, pourquoi ? a-t-il fait, en me fixant avec une grande méfiance. Elle devrait pourtant savoir qu'elle n'a nullement besoin de nous faire dormir pour être tranquille. Elle vise peut-être un autre but.

– Tu le connais, toi, ce but ?

– Non, et toi ?

– Moi non plus, toi tu le sais, n'est-ce pas ?

– Il est inutile de douter l'un de l'autre à l'infini. Mais j'ai l'impression d'être la seule à dormir.

– J'ai la même impression.

– Oui, mais est-ce que vous n'avez pas déjà agi ainsi à Hamadera ?

– C'est justement pour cela que je pense maintenant que c'est mon tour.

– Il ne t'est jamais arrivé de rester éveillé jusqu'au moment où Mitsuko s'en allait ? S'il te plaît, sois sincère.

– Non, jamais, et toi ?

– Avec un somnifère aussi puissant, même si je le voulais, je ne pourrais pas rester éveillée.

– Ah bon, alors toi aussi, tu avales ce médicament, c'est bien vrai ?

– Evidemment, regarde comme je suis pâle.

– Et toi, observe bien mon visage.

Comme nous parlions, nous avons reçu à huit

heures, comme d'habitude, son coup de téléphone.

– Allons, il est temps de vous lever, nous a-t-elle
rappelé.

Mon mari a obéi en frottant ses yeux endormis.
Il était alors obligé de se rendre à son bureau ou
bien quand il n'arrivait vraiment pas à vaincre son
sommeil, il allait se reposer sur un fauteuil d'osier
de la véranda, au rez-de-chaussée, parce que Mitsuko lui avait dit :

– Après huit heures, tu ne dois pas rester dans la
chambre.

Alors que je pouvais dormir tout mon saoul, il
était voué à une fatigue de plus en plus épuisante,
même s'il allait à son bureau, il ne réussissait pas à
se concentrer sur quoi que ce fût ; il aurait voulu
rester à la maison, pour se reposer ; mais s'il tardait trop, elle lui disait :

– Tu veux rester près de grande sœur.

Aussi, même en l'absence de toute affaire, il sortait en m'annonçant :

– Je vais faire une sieste.

J'avais commencé à me plaindre :

– Mitsuko ne me donne aucun ordre, alors que
pour toi, elle dit toujours : « Il faut faire ceci, il faut
faire cela. » C'est la preuve que tu es son préféré.

Mais mon mari me rétorquait :

– Comment veux-tu qu'elle maltraite autant
quelqu'un qu'elle aime ? Elle veut m'épuiser, me
paralyser de manière à m'ôter toute passion. Tandis qu'avec toi, elle veut simplement s'amuser en
toute liberté.

Et puis, comme c'est étrange, au dîner, malgré
notre absence d'appétit et nos maux d'estomac,

244

nous voulions nous gaver, parce que nous savions qu'à jeun, nous aurions été plus vulnérables. Nous comptions les bols de riz qu'avalait l'autre, tout en nous empiffrant :

– Mais ainsi, protestait-elle, le somnifère n'aura plus aucune efficacité. Il ne faut pas que vous preniez plus de deux bols chacun !

Elle était très vigilante sur les rations auxquelles elle nous avait limités. Quand je songe à l'état physique dans lequel nous nous trouvions, je m'étonne que nous ayons tenu le coup : notre estomac s'était affaibli et les doses de somnifère augmentaient de jour en jour ; peut-être n'arrivais-je pas à l'assimiler, parce que en plein jour j'avais l'esprit constamment vague, je ne savais même pas si j'étais vivante ou morte ; nous pâlissions de plus en plus, nous ne cessions de maigrir et, pis encore, nous étions dans du coton. Mitsuko, elle, tout en nous torturant et en vérifiant notre nourriture, mangeait tout ce dont elle avait envie et elle était éclatante de santé. Elle était pour nous comme un soleil lumineux et quoique nous fussions mentalement épuisés, il nous suffisait de contempler son visage pour nous sentir revivre, c'était la seule joie qui nous maintînt en vie. Mitsuko, elle-même, nous disait :

– Vous avez peut-être les nerfs émoussés, mais quand vous me voyez, vous retrouvez votre vivacité, n'est-ce pas ? Autrement, cela voudrait dire que votre amour n'est pas assez fort pour moi.

Et elle ajoutait qu'elle pouvait établir l'intensité de passion d'après le degré d'excitation et que, pour cette raison, elle ne cesserait pas de nous contraindre à prendre le somnifère. En d'autres termes, une passion ordinaire n'était pas ce qui l'intéressait, elle n'était satisfaite que si elle sentait que notre amour était tel qu'il pût s'enflammer malgré l'effet castrateur des médicaments. Enfin, nous étions devenus des légumes : elle voulait que nous n'ayons d'autre désir, d'autre intérêt au monde que celui de ne vivre que de la lumière d'un soleil nommé Mitsuko, elle nous interdisait de chercher notre bonheur ailleurs : quand nous refusions le somnifère, elle pleurait de rage. En réalité, et même surtout, il y avait dans l'esprit de Mitsuko une tendance à mettre à l'épreuve les êtres pour vérifier jusqu'à quel point ils la véné- raient, et à en jouir, mais ses propositions extraor- dinairement hystériques avaient sans aucun doute une origine différente, due probablement à l'influence de Watanuki. En effet, comme sa pre- mière expérience l'avait persuadée qu'aucun parte- naire normalement constitué n'aurait su la satis- faire, n'essayait-elle pas de transformer toute proie en un nouveau Watanuki ? Autrement, quel besoin aurait-elle eu de paralyser avec autant de cruauté nos sens ? On parle souvent dans les his- toires anciennes de possession par des âmes mor- tes ou vivantes et à en juger par l'aspect de Mit- suko qui devenait de jour en jour de plus en plus violente, on pressentait quelque chose de redouta- ble, à vous faire dresser les cheveux sur la tête, on l'aurait crue poursuivie par l'esprit vengeur de Watanuki. Et pas seulement Mitsuko : mon mari, un homme qui avait été toujours parfaitement sain moralement et qui n'avait jamais manqué de bon sens, paraissait, sans que j'aie eu le temps de m'en apercevoir, avoir changé de nature : il était devenu sarcastique et injustement soupçonneux, comme une femme, et alors qu'il courtisait Mitsuko, son visage émacié avait un étrange sourire. J'observais alors attentivement la manière dont il s'exprimait, les sentiments que son visage trahissait, son attitude retorse et sournoise : tout, de son ton jusqu'à son regard, était la copie conforme de Watanuki. Je pensais que vraiment le visage d'un homme suivait l'évolution de son âme. A propos, Monsieur, quelle est votre opinion sur la possession d'un esprit vengeur ? Vous trouvez que c'est une superstition idiote ? Watanuki était si rancunier qu'il nous avait peut-être maudits, qu'il s'était en cachette adonné à quelque pratique de magie et qu'il avait possédé mon mari ? Et je lui ai dit alors :

– Je trouve que tu ressembles de plus en plus à Watanuki.

Il m'a répondu :

– C'est bien mon avis. Mitsuko veut me transformer en un second Watanuki.

Il était complètement résigné à n'importe quel destin et, loin de refuser de devenir un second Watanuki, il paraissait en retirer du plaisir, et il avait fini par désirer le médicament. Par ailleurs, Mitsuko devait penser qu'au point où nous en étions, il n'y avait aucune raison d'espérer une heureuse fin pour nous trois, elle était prête à tout et plus rien ne la retenait ; peut-être voulait-elle nous tuer, mon mari et moi, en nous empoisonnant. Je me demande bien si ce n'est pas ce qu'elle préparait au fond... Je n'étais pas la seule à le penser. Mon mari avait finalement admis :

– Je suis résigné.

Peut-être attendait-elle, en réalité, le moment, qui n'était pas éloigné, où devenus d'une maigreur spectrale, nous mourrions enfin, rien que pour se libérer adroitement de nous, devenir une personne absolument honnête et trouver un bon mari.

– C'est certainement ce qui se passe, a dit mon mari. Surtout si l'on compare l'éclatante santé de Mitsuko et notre teint blafard.

Nous étions, tous les deux, convaincus que maintenant que notre faiblesse nous avait rendus insensibles à toute joie et à tout plaisir, l'heure était venue pour nous de quitter le monde et nous vivions dans la certitude que nous mourrions le jour même ou le lendemain.

Ah, comme j'aurais été heureuse si tout s'était passé comme prévu et si j'avais pu mourir avec eux ! En fait, une fin tout à fait inattendue nous était réservée et la première cause en fut cet article de journal. Je crois bien que c'était vers le 20 septembre. Ce matin-là, mon mari m'a dit :

– Réveille-toi.

Je me suis demandé ce qui était arrivé.

– Regarde, quelqu'un nous a envoyé cela.

Il m'a montré la page des faits divers d'un journal que je n'avais jamais vu. Il y avait l'agrandissement de la photo du contrat de Watanuki et un très long titre souligné à l'encre rouge. Cet article était le premier d'une série : on y précisait que le journaliste avait réuni un abondant matériau et que les vices infâmes de la classe oisive allaient être dénoncés en plusieurs épisodes, jour après jour.

– Tu vois, je te l'avais bien dit, que Watanuki nous tromperait, ai-je rappelé.

248

A ce moment-là, j'étais déjà curieusement résignée et je n'éprouvais ni animosité ni appréhension. Je pensais calmement : le dernier instant est donc venu. Un sourire glacé se dessinait même sur les lèvres exsangues de mon mari.

– Quel imbécile ! A quoi lui sert-il de publier tout ça maintenant ?

– Peu importe, peu importe, laissons-le faire !

Au fond de moi, j'espérais que les lecteurs n'apporteraient aucun crédit à une feuille de chou pareille et, avant toute chose, j'ai téléphoné à Mitsuko, pour l'avertir :

– On a reçu un journal, lui ai-je annoncé. Est-ce qu'on te l'a envoyé, à toi aussi, Mitsuko ?

Elle est allée précipitamment à l'entrée et elle est revenue aussitôt :

– Il y est, il y est ! Heureusement personne ne l'a encore lu !

Peu après, elle était chez nous, le journal caché dans les plis de son kimono.

– Que faire ? a-t-elle demandé.

Au début, nous avons réfléchi que si c'était Watanuki qui avait vendu les informations, rien de compromettant n'aurait été publié sur lui. Les racontars sur ma liaison avec Mitsuko n'étaient pas une nouveauté et n'auraient peut-être provoqué aucun scandale. Bref, il n'y avait aucune raison de nous affoler. Deux ou trois jours plus tard, les parents de Mitsuko ont eu vent de l'affaire, mais mon mari a réussi à les convaincre :

– C'est toujours les mêmes cancans, mais publier la photo d'un document avec une fausse signature, c'est trop retors. On pourrait même les poursuivre en justice.

Nous avons été soulagés pour quelque temps. Mais les jours ont passé et la série d'articles se poursuivait, en touchant de plus en plus près la vérité. En outre, on y révélait non seulement sans retenue des faits défavorables à Watanuki, mais on y décrivait l'auberge de Kasayamachi, les promenades à Nara, la manière dont Mitsuko avait rembourré son kimono pour se présenter à mon mari... et, en plus, des détails que Watanuki ne pouvait pas connaître ; à ce train-là, on aurait fini par tout savoir, depuis la comédie du suicide de Hamadera jusqu'au rôle que mon mari avait joué dans cette histoire. Le plus surprenant, c'était que bien que nous ayons conservé avec soin les lettres que Mitsuko et moi avions échangées et que nous n'avions montrées à personne, une des miennes – celle qui était émaillée de phrases extrêmement violentes et gênantes – devait avoir été volée et avait été photographiée et publiée en agrandissement. Personne sinon Umé n'aurait pu s'en emparer. C'est alors seulement que nous avons compris qu'elle avait été la complice de Watanuki. En effet, depuis qu'elle avait été congédiée par la famille de Mitsuko, elle était venue chez moi deux ou trois fois s'attardant longtemps sans nécessité et elle avait un air bizarre. Je m'étais bien demandé si je lui avais donné assez d'argent, si elle en réclamait encore, mais j'avais pensé que cela n'en valait pas la peine, je ne m'étais pas inquiétée. Elle était venue deux ou trois jours avant la publication de ces articles et elle avait fait d'étranges remarques sarcastiques sur Mitsuko, puis elle était repartie et je ne l'avais plus revue.

– Quelle ingrate ! a soupiré Mitsuko. Dire que

quand je l'avais encore à la maison, je ne la traitais pas comme une bonne, mais comme une vraie sœur...

– Tu l'as trop gâtée !

– C'est ce qu'on appelle se faire mordre par son propre chien. Mais de quoi se plaint-elle, après tout ce que tu lui as offert toi-même, grande sœur ?

– Elle s'est donc laissé acheter par Watanuki ?

J'imagine qu'au journal, ils ont fait une enquête à partir des informations fournies par Watanuki et qu'ensuite, s'apercevant que l'affaire recelait d'autres secrets, ils s'en sont emparés, après avoir déniché Umé. A moins que Watanuki ne se soit entendu dès le départ avec elle et que, poussé par le désespoir, il ne soit allé jusqu'à vendre ses propres secrets. Quoi qu'il en soit, nous n'avions pas une minute à perdre : si nous traînions encore, Mitsuko ne pourrait plus faire un pas hors de chez elle. Nous avons décidé de mettre à exécution nos plans et nous nous sommes consultés, jour après jour, sur la méthode à suivre. Entre-temps, avait commencé à paraître une série d'articles sur ce qui s'était passé à Hamadera. Les événements qui ont suivi, tous les autres journaux en ont parlé, avec une telle abondance de détails que vous-même, Monsieur, vous devez être au courant ; je ne répéterai pas le récit des faits... J'ai sans doute trop parlé, avec trop d'excitation, et je me suis peut-être trop contredite... Il y a cependant un détail qui a échappé aux journalistes : c'est Mitsuko qui la première a dit :

– Nous allons mourir.

Et c'est elle qui a décidé des dispositions à prendre. Je crois bien que le jour où nous avons compris que la lettre avait été volée par Umé, Mitsuko a apporté chez moi toutes les lettres qui pouvaient servir de preuves. Et elle a déclaré :

– Il serait dangereux de les laisser chez moi.

– Est-ce que je dois les brûler ? lui ai-je demandé.

– Non, non. De toute façon, nous devrons nous tuer, tôt ou tard. Nous allons laisser ces papiers à titre de testament. Conserve-les soigneusement avec les tiens.

Et elle m'a demandé de ranger toutes nos affaires. Deux ou trois jours plus tard, c'était le 28 octobre, à une heure de l'après-midi, elle est venue m'annoncer :

– C'est la fin. Chez moi, il y a une atmosphère insupportable et si je revenais, on ne me laisserait plus sortir.

Elle m'a dit que si nous essayions de nous enfuir, on nous rattraperait et qu'il fallait donc mourir dans notre chambre habituelle. Nous avons accroché ce tableau de Kannon au mur du chevet et tous les trois, nous avons brûlé de l'encens :

– Si cette Kannon me guide par la main, je serai heureuse, même morte, ai-je dit.

– Si, après notre mort, tout le monde appelle cette déesse Kannon Mitsuko, a ajouté mon mari, et la prie, nos âmes pourront reposer en paix.

Nous nous sommes engagés à ne plus nous disputer par jalousie dans l'au-delà, mais à rester en harmonie aux côtés de notre divinité, comme les deux bodhisattva près de Bouddha, et nous étant allongés, nos trois têtes posées l'une contre l'autre,

Mitsuko au milieu, nous avons pris le médicament... Pardon ? Ah oui, c'est vrai, je ne sais pas pourquoi, j'avais alors le pressentiment que je me retrouverais toute seule. Le lendemain, quand j'ai repris connaissance, j'ai pensé les suivre tout de suite, mais l'idée m'a alors traversé l'esprit que ce n'était pas un hasard si j'avais survécu et qu'ils m'avaient flouée jusque dans la mort : ce soupçon était également lié au fait que Mitsuko m'avait confié ce paquet de lettres. N'avaient-ils pas voulu m'empêcher de les déranger dans l'au-delà ? Ah... Monsieur (la veuve Kakiuchi a alors éclaté en sanglots)... si ce doute ne m'avait pas effleurée... je n'aurais pas scandaleusement continué à vivre jusqu'à maintenant... D'ailleurs, il est vain d'en vouloir aux morts ; à présent, lorsque je pense à Mitsuko, ce n'est ni de la rancœur ni de l'animosité que j'éprouve, mais une telle tendresse, une telle nostalgie... Ah, je vous en prie, je vous en prie, pardonnez-moi de pleurer autant...

DU MÊME AUTEUR

Composé par SEPT à Paris
Impression Brodard et Taupin
à La Flèche (Sarthe),
le 4 mai 1993.
Dépôt légal : mai 1993.
1er dépôt légal dans la même collection : septembre 1988
Numéro d'imprimeur : 6005H-5.

ISBN 2-07-038078-5 / Imprimé en France.

65447

 Ville de Montréal

Feuillet de circulation

À rendre le	
Z 18 MAI'99	
Z 06 FEV'01	
Z 07 AOU 2001	
31 AOU '02	
Z 28 JAN '03	
0 3 MAR. 2004	
1 3 AVR. 2004	

06.03.375-8 (05-93)